Logo tu repousarás também

Charles Kiefer

Logo tu repousarás também

EDITORA RECORD
RIO DE JANEIRO • SÃO PAULO
2006

CIP-Brasil. Catalogação-na-fonte
Sindicato Nacional dos Editores de Livros, RJ.

K58L
Kiefer, Charles, 1958-
  Logo tu repousarás também / Charles Kiefer. – Rio de Janeiro: Record, 2006.

  ISBN 85-01-07466-7

  1. Conto brasileiro. I. Título.

06-0133
CDD – 869.93
CDU – 821.134.3(81)-3

Copyright © 2006 by Charles Kiefer (charleskiefer@paginadacultura.com.br), representado pela Página da Cultura (paginadacultura@pobox.com).

Direitos exclusivos desta edição reservados pela
EDITORA RECORD LTDA.
Rua Argentina 171 – 20921-380 – Rio de Janeiro, RJ – Tel.: 2585-2000

Impresso no Brasil

ISBN 85-01-07466-7

PEDIDOS PELO REEMBOLSO POSTAL
Caixa Postal 23.052
Rio de Janeiro, RJ – 20922-970

EDITORA AFILIADA

*"Warte nur, balde
Ruhest du auch"*

GOETHE

Sumário

Medo   9
O boneco de neve   17
Morte súbita   21
Maria Rita   25
O terceiro cão   29
Cheiros   35
Gemidos   41
Arlinda   49
Futebol   53
Nero   55
Insônia   69
O hexagrama   75
Objetos mágicos   81
Lídia e o rabino   87
Rosa rosarum   95
Belino   103

Medo

O que vejo, ao retrovisor, são imagens invertidas: a cicatriz que estava no lado direito do rosto vai para o esquerdo. O rosto, aprendi no táxi, não é a soma de testa, nariz, bochechas e queixo, o rosto é outra coisa. Tem gente com feição furiosa que é mansa como cordeiro, tem gente com jeito de passarinho que é jararacuçu. Aqui, saber interpretar o rosto é uma questão de sobrevivência. Tive companheiros de profissão que cometeram o último erro, leram delicadeza onde só havia mágoa funda, ódio bruto. Hoje, os tais, os que não souberam ler, soletram vermes e terra no camposanto. Eu sobrevivo, sem tirar os olhos dos que se aboletam no banco traseiro. Entrou no carro, está registrado. Pelos espelhos, vejo além do rosto. Da prática, quase posso dizer a profissão, o estado civil, o bairro em que o vivente mora. É como se as pessoas fossem incorporando, na cara, o que fazem, o que são. Ontem, o casalzinho não me enganou. Ela, num vestido florido, cabelo de francesinha; ele, num camisão xadrez, melenudo. Ainda antes de apanhá-los na esquina da Oswaldo Aranha com a Santo Antônio, enfiei o trinta-e-oito embaixo da perna esquerda. Estavam muito longe de um supermercado, a sacolinha com as compras era disfarce, só podia ser. Entraram sem cumprimentar. Boa tarde, eu disse. Ela respondeu, ele continuou quieto. Fixei-me nos olhos dela, ansiosos, e na boca dele, cheia de trejeitos e dentes saudáveis. Cafungadores. São os mais perigosos. Quem tem fome não mata. Ou muito raramente. Quase sempre na primeira vez, que o nervosismo dispara o gatilho. Quem cheira já atravessou o Rubicão, sabe que não tem volta. Matam, que já estão mortos. Segui rodando, o mais lento possível, queria tirá-los da toca. Atravessei o Túnel da Conceição, peguei a Farrapos, em direção à Zona Norte, conforme o solicitado. Não demorou cinco minutos, o magrão reclamou. Tudo bem, eu disse, e apertei o acelerador. Eu já ia recolher, provoquei. Pelo retrovisor não deu para ver, mas tenho certeza que as pupilas dela se dilataram. Desde quando na luta?, ela quis saber. Cinco anos, eu disse. Na luta de hoje, ela continuou. Fiquei calado, à espreita. Desde que hora na rua?, ela insistiu. Seis da matina, rodo doze horas. Meu filho roda as outras doze, na noite. Somos sócios. Encurtei caminho, não valia a pena ficar toureando a novilha. O dia foi gordo, eu continuei, como que satisfeito. Assim que largar vocês, vou comprar um vestido, Dona Encrenca merece. Dona o quê?, ela perguntou. Minha mulher, expliquei. Riram, os dois. Aproveitei a distração deles, meti o pé no freio. Antes que se recuperassem, saltei do carro, abri a porta traseira e calcei a mulher no revólver. Mãos na cabeça, que arrebento os miolos dessa puta. Medo, nessa hora não se pode ter medo. Já me livrei de várias, porque aprendi a não ter medo. Nunca tive medo. Minto, uma vez sim, há trinta anos. O cheirador obedeceu, que ainda não estava em síndrome de abstinência. Na sacola de compras, a loira oxigenada trazia o trinta-e-dois niquelado. Ele tinha no bolso um canivete de pressão. Formou uma fila de carros atrás do meu, na avenida, e um coral de buzinas. Seus merdas, não vêem que é um assalto? Demoraram pra perceber que era, e que o assaltante não era eu. Mantive os dois com as mãos espalmadas sobre o capô, até que chegasse uma viatura. Nem fui à DP, os praças me conhecem, me aposentei como delegado. Quando o Marcos, que era funcionário do Banco do Estado, entrou no Plano de Demissão Voluntária, compramos o carro e a licença. Ia ficar fazendo o que em casa? Vendo bundas na televisão? Eu rodo de dia, ele roda de noite. Nosso ponto fica em frente à Assembléia Legislativa. Meu filho tem clientela fixa, transporta essa gurizada rica para as boates, as festas de formatura, os casamentos, leva as madames perfumadas para casa depois das sessões do Theatro São Pedro. De vez em quando, ele me conta depois, acaba em cama de cetim. Eu, de dia, ando com gente fina, deputados, prefeitos, a mulherada que vem saracotear no Parlamento, essa gente do Piratini, subversivos de paletó e gravata. Ainda há pouco, levei um deles ao Centro Administrativo. Um velho conhecido. Vez que outra, a moira coloca a gente no mesmo barco. Ou no mesmo carro. No mesmo porão. O que vi, ao retrovisor, na primeira vez em que ele entrou no meu táxi, foi o olhar suave, quase doce, o mesmo olhar sereno, de pomba enamorada, que tinha aos dezoito anos. Envelheceu. Está careca, mais gordo, a barba branca. Com certeza, nas horas de folga, nos finais de semana, continua a escrever poesia. Eu confiscava, na prisão, tudo o que ele punha no papel. Examinava verso a verso, à procura de mensagens cifradas. Poemas para a namorada, ele dizia no pau-de-arara, poemas para Alice. Medo, o poetinha me fez sentir medo. Nem em tiroteio, com as balas zunindo perto dos ouvidos, senti tanto medo como naquele sábado, há trinta anos. Ele entrou no táxi, afrouxou o nó da gravata. Pra onde vamos, doutor?, eu indaguei, antes de reconhecê-lo pelo espelho central. Senti que seu corpo se contraía, como que atingido por uma corrente elétrica. Ele ainda não sabia de onde vinha o medo, a ansiedade, o desconforto que o assaltava sob o efeito da minha voz. Minhas mãos grudaram no volante, molhadas de suor, meu intestino se contorceu, os músculos das pernas se retesaram. Eu sabia que ele andava por ali, no Palácio, secretário, assessor especial, coisa assim. A revolução deles deu no que deu, mas chegaram ao poder pelo voto, quem diria. Justo eles, que zombavam da democracia burguesa. Era impossível que eu o esquecesse. O único homem que me fez sentir medo. Pelo retrovisor, vi seus olhos verdes, tensos, quase suplicantes, como que em busca de um registro, um detalhe, que conectasse a voz que o angustiara a um rosto, a um episódio. Dos porões do Palácio da Polícia, eu disse. Nos conhecemos lá, na fossa, como vocês chamavam aquele buraco. O rosto crispado se descontraiu, o olhar ficou vago. Mirou, de viés, a multidão atravessando a faixa de segurança. Eu podia ver seu ar de beato, satisfeito consigo mesmo, vaidoso com o prazer que extraía de sua ridícula superioridade moral. Olho por olho, dente por dente, julgo eu. Por isso gosto dos árabes, eles não perdoam. Depois, durante toda a viagem, evitou me encarar, mergulhado na sua atitude plácida, quase bovina, budista. Eu conhecia bem esse alheamento, essa fuga da realidade. Naquele sábado, tentei de todas as formas retirá-lo desse pântano, fazê-lo abrir a boca, confessar o assalto, entregar a célula. Arranquei chumaços de cabelos, pedaços de carne, mas nenhuma palavra que incriminasse outros agitadores. Era sábado, e, para que eu pudesse conviver um pouco com o meu filho, levara-o comigo ao trabalho. Enquanto ele brincava no andar de cima, sob os cuidados de algum agente, eu apertava o poeta no porão. Pedro, codinome, é claro, ainda era franzino, barba rala, cabelo comprido e sujo, mas de uma resistência admirável, é preciso reconhecer. Naquele sábado, cansei de bater, apertar, eletrocutar. Antes que eu o matasse, o ódio contra aquela arrogância estúpida podia me levar ao desatino, entreguei-o ao cabo Esteves, um maricas humanitário, para que o lavasse, estava mijado e cagado, e para que o reanimasse, era o dia da primeira visita da família dos presos. Tomei uma ducha, subi ao escritório, brinquei um pouco com o Marcos, deitei-me no sofá e adormeci. Acordei com a gritaria do soldado Alfeu, o menino sumira. Marcos tinha nove, quase dez anos. Vasculhei cada sala, nos andares de cima. Conferi o relógio, passava das seis. Eu tinha dormido mais de quatro horas. Ao chegar às celas, nos porões, o coração disparou. Vi, no fundo do corredor, à luz baça, uma sombra à porta do banheiro, e ouvi um murmúrio. Avancei com dificuldade, meio que escorado à parede, sem coragem de enfrentar o que viria, o que eu pressentia. Medo, eu senti medo, como nunca tinha sentido. Marcos, carne da minha carne, não tinha nada a ver com aquela miséria, com aquele horror, eu cumpria ordens, ele era apenas um menino. Meu filho, meu filho, eu murmurava a cada passo. Parei na porta do cubículo, sem fôlego. Pedro, barbeado, já recuperado da sessão da tarde, um olho quase fechado pelo inchaço do rosto, estava trocando os curativos diante de um espelho manchado pela umidade, com o auxílio de Marcos. Sobre a pia, o jovem revolucionário deitara a navalha inocente, recém-lavada, com a lâmina aberta. A seu lado, prestativo e diligente, meu filho estendia-lhe uma gaze limpa, imaculada. Pedro virou o rosto e me encarou, com seu olhar suave, quase doce, sereno, de pomba enamorada. Ao seu dispor, eu disse, mas ele desceu do táxi em silêncio.

O boneco de neve

Deita aqui, nem tires a roupa, não quero fazer amor contigo, só preciso me aquecer. Sinto frio, sinto muito frio. Olha para as minhas mãos, congeladas e brancas, e para os meus pés, lívidos e sem temperatura. Não te assustes, a doença não é contagiosa, apesar do nome estranho, síndrome de Raynaud. Tudo o que deves fazer é manter-me aquecido, que amanhã terás a tua recompensa. Bem melhor que um programa na rua, com todo esse frio que faz lá fora, com toda a violência que desce sobre Pau-d'Arco às sextas-feiras à noite. Te peço, também, que não durmas. Não, falar não faz parte da doença, falar é uma outra necessidade, falar talvez seja uma forma de esquecer. Ou de relembrar tantas vezes e com tal riqueza de detalhes até que tudo se torne banal, indiferente, tão homogêneo quanto um campo nevado. Falar nisso, já viste neve? Eu já. Onde?

Aqui mesmo, na cidade. Não ri, é verdade. Sequer tinhas nascido. Tu sabes, nossa cidade tem verões secos e quentes e invernos chuvosos e frios. Apesar de estar quase trezentos metros acima do nível do mar, Pau-d'Arco não apresenta as condições necessárias para a precipitação de água congelada. É, neve é água congelada. No entanto, um dia, no dia 21 de agosto de 1963, para ser exato, nevou sobre as nossas ruas de paralelepípedos. Éramos alemães e nunca tínhamos visto neve. Por isso, quando a nevasca desceu sobre as nossas casas de lambrequins, saímos às ruas enlouquecidos, a jogar bolotas uns nos outros, a esculpir bonecos de neve com narizes de cenoura em todas as praças, quintais, campos de futebol de várzea. Paisagens esbranquiçadas, ruelas cobertas de gelo e lareiras crepitantes faziam parte de nossas fantasias, saídas diretamente das histórias dos Irmãos Grimm, mas a nevasca verdadeira, a substância fria e macia em nossas mãos, deu-nos uma outra satisfação, uma sensação de grande liberdade. Era como se tivéssemos recuperado alguma coisa perdida, como se tivéssemos retornado à terra natal depois de um longo tempo de ausência. A rigor, nunca nos sentíramos brasileiros. Brasileiros eram os outros, os pêlos-duros, como chamávamos os que não tinham cabelos loiros e olhos azuis. Nós éramos europeus, embora falássemos uma língua exótica, que pouco se assemelhava ao *Deutsch* original. O tempo e a distância, que a tudo corrompem, tinham conseguido corromper, também, a marca de nossa identidade. Minha avó, por exemplo, acrescentava um *iert* às palavras e julgava estar, assim, falando alemão. Nevar, nessa língua mesclada, transformava-se em *nefiert*. E matar *matiert*. Isso, massageia os meus pés e as minhas mãos, transfere um pouco do teu calor aos meus dedos, às minhas articulações, à minha pele resfriada. Eu tinha quinze anos quando apareceram os primeiros sintomas. No princípio, sem o menor aviso e apesar do calor do verão, senti que se congelava o meu dedo indicador. O Maneco, o Juca, o João Carlos examinavam o fenômeno e confirmavam, meu dedo parecia um picolé. E todos nos entreolhávamos em silêncio, temerosos. Depois, ao longo dos anos, foram-se congelando outros dedos. Hoje, as duas mãos e os dois pés sofrem do mal. Às vezes, sinto arrepios na nuca, nas axilas, nos glúteos. A doença está avançando. Dor, espasmos, tremores, arritmia e delírios já me perseguem nas madrugadas insones. Sonho, com insistência, com o boneco de neve, plantado no meio da praça da matriz. Acordo, e ele continua lá, na memória, e resiste ao degelo. No dia em que matamos Lauro Schiller, o mais tímido e retraído de nossos colegas, nevou o dia inteiro. Ainda hoje, nas rodas de chimarrão na revenda de automóveis do Maneco, afirmamos, numa tola tentativa de diminuir a nossa culpa, que são os mais fracos que atraem sobre si a maldade e a zombaria. Lauro, o asmático, o tímido, o raquítico, tinha sido sempre o nosso saco de pancada, o nosso bode expiatório. No meio da tarde, sob um céu carregado de nuvens baixas e cinzentas, ele nos convenceu a cobri-lo, a transformá-lo num autêntico boneco de neve. Excitados, eu, Maneco, Juca e João Carlos, todos meninos, todos inocentes, e incendiados todos pela branca irresponsabilidade da infância, cobrimos primeiro as suas pernas, depois o seu tronco. Não recordo em que momento percebemos que ele não respirava mais. Talvez ainda fosse possível salvá-lo, não tivéssemos fugido, assustados. Compreendi, alguns anos depois, que aquilo não tinha sido um acidente. Na noite anterior à nevasca, a mãe de Lauro expulsara o marido de casa. De um só golpe, o menino vingou-se de nós, que o infernizávamos sem trégua, e de seus pais, para quem ele não passava de um boneco.

Morte súbita

Pensei em coisa ruim quando vi os carros, as bicicletas e as carroças no pátio de casa. Eu tinha doze anos e voltava da escola, as aulas haviam sido suspensas por causa da Copa do Mundo. Lembrei da mãe, da doença lá dela, magra feita um caniço, os olhos fundos e arroxeados, a boca desdentada. Me deu um nó na garganta, uma vontade muito grande de chorar. Havia um ano, meu avô também falecera. Agora, eu ia sentir, de novo, o cheiro enjoativo das flores murchas e do sebo das velas. Não lembro se perguntei à mãe sobre o significado do ritual fúnebre, mas ainda posso ouvi-la, com sua voz de passarinho molhado, "a chama do círio significa a fragilidade da vida, qualquer ventinho pode apagá-la". Era professora primária, a minha mãe. E fazia questão de conjugar os verbos com precisão, para dar o exemplo. Nisso, nas tempestades da doença, ela também deu o exemplo. Resistiu até a manhã daquele dia, quando me serviu o último café, sem uma reclamação, um gemido, um momento de desespero. Subi a escada da varanda, lento, zonzo, com dor no peito e nas pernas. Parei no topo, fiquei de costas para a porta. A estrada de chão batido deslizava até a vila, aonde a mãe gostava de me levar para passear, tomar sorvete, espiar a vitrine das lojas, como ela dizia, que o dinheiro era contado, mal dava para as necessidades mais urgentes. Nunca mais, eu pensei, e aí, sim, aí não consegui mais segurar, chorei como se vomitasse, como se expelisse de minhas entranhas todas as lembranças, todos os afagos, todas as ternuras. Era doce, a minha mãe. De uma doçura serena, como o arroz-de-leite que ela fazia aos domingos. Eu nunca me cansava de comer. E agora, morta. Nunca mais ela polvilharia pó de canela sobre o meu arroz-de-leite, nunca mais. Ouvi, a distância, meio abafado, meio brumoso, o Hino Nacional. Não sei se era uma patriota fanática, mas minha mãe gostava das coisas do Brasil. Nas paradas de 7 de Setembro, lá estava ela na avenida, com a bandeirinha, me saudando. Eu marchava teso, engomado. Não sabia bem o que era aquilo, o diretor da escola exigia a participação no desfile cívico, todos obedeciam. Minha mãe me ajudava a decorar longos poemas, que eu declamava no Dia da Bandeira, no Dia do Índio, no Dia do Descobrimento. Na hora do Grêmio Literário, lá estava ela, na primeira fila do auditório, balbuciando versos mais difíceis, eu não me perdia nunca, a gente treinava leitura labial em casa, antes das apresentações. O hino cessou, abri a porta, atravessei a cozinha. A sala estava abarrotada, meus tios, meus primos, os parentes mais distantes, os vizinhos, todos em silêncio, todos com esse profundo silêncio dos vivos diante dos mortos. Não pedi licença, fui empurrando aqui e ali, pisando os pés de tias e primas, sem me desculpar, eu só queria vê-la, eu precisava vê-la. E, de repente, meu Deus, eu a vi. Linda, quieta, sentadinha, enroladinha num cobertor, a olhar fixamente para um ponto no canto da sala. Enfim, o pai comprara o televisor que ela tanto queria. Na tela, Rivelino, Pelé, Tostão e aqueles outros craques que nunca mais esquecemos iniciavam um caminho pontilhado de extraordinárias vitórias.

Maria Rita

Indagada, Maria Rita de Sousa, 28, branca, casada, do regime prisional fechado, confessou ter atacado a detenta Luciana de Oliveira com um caco de vidro durante uma festa de carnaval, promovida pela Administração; que não estava arrependida, não era mulher de mequetrefes, a outra, segundo a ré, muito fizera por merecer; que não havia desavença antiga, ao menos não de sua parte; sabia, sim, que agora responderia a mais dois processos, um por tentativa de assassinato e outro por atividade comercial ilícita nas dependências de um próprio do Estado; que se o marido permitia era problema dele, a outra estava era despeitada; com a meia-lua na cara ninguém agora nunca mais ia querer nada com ela; que amava o marido, sim, sempre que podia mandava-lhe uns caraminguás, poucos, é verdade, a comissão na fábrica de bolas era pequena, pra se conseguir juntar alguma coisa era preciso destruir os dedos, a linha de *nylon* é uma merda, transcrevo tudo, até as palavras de baixo calão emitidas pela ré, repito, era preciso destruir os dedos, fiquei pensando se *destruir* era o verbo adequado, não sei por que mas *destruir* me lembra o efeito do vento nas pirâmides, a esfinge com os dedos das patas dianteiras carcomidos, o tempo, sim, o tempo tem poder de destruir, mas fios de *nylon* só machucam; enfim, a ré quis dizer que não gostava do trabalho de ressocialização, que ela, apesar de pobre, não estava acostumada a estropiar suas mãos macias em trabalhos manuais, preferia usá-las em atividades mais amenas; que tinha sido bailarina, os homens enlouqueciam quando arrancava a última peça de roupa sobre o tablado da boate, imagino o sucesso que fazia essa mulher, bonita, alta, coxas firmes, ancas largas, não, não daria mais detalhes, desculpava-se pelo entusiasmo, repito, sobre o tablado, onde conheceu o homem por quem se apaixonou; não, sobre o tablado, não; na boate, quis dizer, conheceu o homem da sua vida na boate; que não, não se apaixonou por ele na primeira noite, puta sabe que paixão à primeira vista é coisa de virgem, o dinheiro é que compra o amor sincero, aconteceu com ela, o marido foi comprando o amor dela, a cada semana um pouquinho, um pacote de frutas cristalizadas, um vidro de perfume, um jantar à luz de velas, um passeio pela praia; que confirmava a denúncia, estava cansada de mentir, recebia clientes ali na prisão, agendados por seu marido lá fora, no horário das visitas íntimas; que não sabia como a Guarda não percebera que os tipos eram sempre diferentes, brancos, mulatos, negros, baixos, altos, magros, gordos; que não sabia se o marido adoçava a mão dos servidores, mas era bem possível, o dinheiro compra tudo, o bem e o mal; que ele viera à festa de surpresa e que ela muito se orgulhara dele, de sua roupa bonita, de seu cabelo engomado; que as detentas ficaram, sim, na quadra de esportes e os visitantes por trás da cerca; que a Administração permitira o contato físico por entre os gomos de arame; que a festa e a permissão de que os parentes entrassem no Presídio Feminino fora um prêmio por bom comportamento, nos últimos tempos não houvera nenhum outro motim, sendo o último aquele em que a Capela fora incendiada, mas isso tinha acontecido muito antes de seu ingresso na prisão; que ficara o tempo todo de lero-lero com o marido; que a Primeira-Dama e o Secretário de Segurança também tinham aparecido na festa, mas ficaram só pras fotos; que sim, aproveitou a hora das despedidas, quando os policiais acompanharam as autoridades até o portão, o refrigerante estava lá, sobre o banco, um pequeno descuido; que as coisas se juntaram, a cara-de-pau da Luciana, mais o ódio que lhe subiu das tripas, o vazio no controle das prisioneiras; que foi só pegar a garrafa, chocá-la contra a mureta e sair pro ataque, a outra nem viu, nem sentiu, só depois que passou a mão no rosto é que se deu conta do corte, pelo quente e pegajoso do sangue; faria de novo, sim, que essas descaradas não aprendem, agora Luciana ia pensar duas vezes antes de se meter com homem comprometido; que sim, sabia que sua situação iria se complicar muito, à pena por tráfico se juntaria mais essa; que temia apenas pela filha, não ia mais poder ajudar o marido a sustentá-la, a menina andava pelos cinco anos, às vezes até já nem sabia se eram cinco mesmo, talvez seis; que não, não era dele, do marido, mas de um cliente; que o marido sabia, sim; que ele assumira como se fosse dele, no cartório, com papel passado e tudo; que então não ia amar de morte um homem desses?

O terceiro cão

O que fazia ali, na Praça Argentina, àquela hora, o professor Vladimir dos Reis? Não tinha o hábito de sentar-se em lugares públicos, muito menos às segundas-feiras à tarde. Para dizer a verdade, protegia-se das multidões, evitava-as, vivia quase enclausurado. A vida acadêmica, por sua própria dinâmica — a necessidade de recolhimento e reflexão, as longas jornadas de estudo, a preparação de aulas, a correção de trabalhos e provas de alunos, as reuniões do corpo docente —, forçava-o a uma rotina monástica. Somava-se a isso sua personalidade reclusa. Enquanto os colegas debandavam, como manada, aos cinemas, restaurantes, casas noturnas, ele preferia a audição solitária de Beethoven na vasta sala de sua casa, com os fones de ouvido protegendo-o dos irritantes ruídos do mundo. Nos últimos anos — o cardiologista recomendara-lhe exercícios —, caminhava algumas quadras pelo bairro. De madrugada, para evitar o constrangimento de encontrar conhecidos. Ao centro da cidade ia apenas de carro, e às pressas. Em sala de aula, contudo, era capaz de digressões riquíssimas a respeito do *flâneur*, não poupava elogios às galerias — os grandes símbolos da modernidade —, mas resistia aos *shopping centers*, "as atuais cidadelas medievais", como os definia. Não havia razão para que Vladimir dos Reis estivesse sentado num banco de praça, numa tarde de segunda-feira, mas estava. E isso o deixava perplexo. E se o Reitor o visse? A professora Vânia não morava no Centro? Dera-lhe carona, certa vez, depois de uma formatura, e passara exatamente diante desta praça, no outro lado da rua, no sentido Centro-bairro. E se algum aluno o encontrasse e comentasse, depois, na Universidade? Aquilo, pressentia o professor de literatura clássica, era a pedra no meio do caminho, o desvio, o desvão, a ironia fatal, a faísca do incêndio. Tentou pensar nas doenças que principiam com vazio mental, com amnésia recente. Podia descrever o jantar preparado pela cozinheira na noite anterior, o vinho compartilhado com a esposa, os detalhes do telefonema do filho, residente em São Paulo, mas era incapaz de dizer por que estava ali, naquela praça horrorosa, suja, abandonada, numa tarde de segunda-feira. Abismava-se, doía-lhe a cabeça, buscava algum indício que o conduzisse até este lugar, e nada. Conferiu a hora no relógio de pulso. Cinco e quinze. Fechou os olhos. Da avenida, ouviam-se os ruídos dos automóveis, das ambulâncias, dos táxis, dos ônibus, que o atingiam em ondas e que se misturavam ao som do vento nas folhas do arvoredo, acima de sua cabeça grisalha. "Estes são os dedos de minha mão sobre a minha coxa", disse para certificar-se, realmente, de que não sonhava. Reabriu os olhos, concentrou-os no cachorro magro a fuçar um amontoado de lixo próximo ao muro do hospital. Tinha feridas purulentas no couro, mordidas de outros cães, sarna. Sentiu pena. E a compaixão por um outro ser vivo, a consciência do estado de solidão em que o animal vivia, retornou ao próprio professor, que se viu também abandonado, ferido, a catar restos numa lixeira, a se coçar, a ganir para as lâmpadas, para as janelas iluminadas, na ausência de lua e estrelas das noites urbanas. "Se sou capaz desta imagem é porque não estou louco", ouviu-se dizer em voz alta. Sorriu, mais a si mesmo, já estava até falando sozinho, mas o cão, cansado da indiferença, imaginou ter encontrado naquele homem um pouco de ternura. Retribuiu com um latido, abanou a cauda, aproximou-se do banco de pedra. Vladimir, sem saber por que, nada mais fazia sentido, um dia inteiro havia sido sugado, deitou o olhar para o sexo do cão. Depois, como que envergonhado, dirigiu os olhos para os próprios sapatos. De cromo alemão, macios, confortáveis e lustrosos. Era um homem elegante, vestia paletós impecáveis, mantinha o nó da gravata, triangular, sempre ajustado. "Não estou louco, nem desmemoriado, lembro meu nome, mas o que vim fazer aqui?" Olhou para a série de objetos espalhados pela praça, papéis, garrafas de refrigerante, latas de cerveja, maços de cigarros, baganas, camisinhas. Sentiu nojo. Que tipo de gente era capaz de fazer amor numa praça, em pleno centro da cidade? Em pé? Sobre aquele mesmo banco, onde estava sentado? Prostitutas, homossexuais? Vladimir tinha horror a situações ridículas, expressões chulas, vulgaridades. Com que esforço protegia-se de tudo isso. Invejava os sacerdotes, os monges, os anacoretas. Infelizmente, era ateu, não cultivava qualquer tipo de religião. Admirava, é certo, a arte, a música, a literatura, mas não era capaz de perceber nelas algo de transcendente. Davam-lhe entusiasmo, alegria, uma certa esperança, mas não a paz. "Existe o humano, o cachorro, a avenida movimentada", pensou. "O resto é ilusão." Passou a mão nos cabelos, comprimiu as têmporas. O vira-lata deitou-se a seus pés, o professor afagou-lhe o pêlo ressequido. Então, na margem oposta da praça, surgiu um outro cão, bem alimentado, roliço. Tinha a língua gotejante, os olhos avermelhados, o pêlo escuro, brilhoso. Sentou-se sobre as patas traseiras, como que a tomar impulso. "Vai atacar", pensou o professor, e uma vaga de pânico subiu-lhe das entranhas. Sem pensar em mais nada, não era capaz de pensar em mais nada, Vladimir dos Reis jogou-se no chão, rastejou para debaixo do banco de pedra, e começou a ganir.

Cheiros

— Vai, me conta como ele está... — ela parou de mexer a colher na xícara e levantou o rosto.

— Não sei — respondi e aspirei fundo o cheiro de café recém-passado.

— Conta... — insistiu.

— Não o tenho visto — menti.

Tentava, inutilmente, desviar o assunto, fazê-la perceber minha própria existência. Fechei os olhos. Sob o cheiro de cigarro — ela fumava sem cessar —, o ambiente exalava também um odor penetrante, acre. Madeira nova? Lustra-móveis?

— Sei que tu és o melhor amigo dele... — insistiu.

— Sou — eu disse, convicto, firme, um pouco orgulhoso de ver que ela reconhecia isso.

— Amigo? — riu. — Imagina se não fosses...

— Amigo, sim. Quando eu soube, depois que saímos do Vila Amalfi, que não era pra mim que tu olhavas, desisti.

— Que história é essa?

— Perguntei-lhe quem era a mulher com as crianças, no restaurante. Eu tinha ficado muito impressionado.

— Falou na frente dela?

— Claro que não... Dias depois, na Universidade. "Foi minha aluna", ele disse. Encerramos o assunto.

— Eu era casada. Se tu me procurasses, te evitaria.

— Mas se ele quisesse...

— Evitaria também, eu amava o meu marido.

— Então, por que a insistência?

— Despeito, acho que era isso. Queria que ele me percebesse, que me cumprimentasse, que repetisse algum de seus...

— Ele é bom...

— ...galanteios. Fazia mais de quinze anos que não nos víamos.

— ...nisso.

Estávamos ansiosos demais, quase turbulentos. Fui ao banheiro, como que lhe dando a chance de organizar as emoções. Temi, ao regressar, que tivesse partido. De perfil, contra a luz da rua, era ainda mais linda.

— Pedi outro café — anunciou.

— Tu és como ele — eu disse, um pouco irônico, um pouco triste.

— Sei o que tu desejas.

— Não, não sabes. Não podes saber.

— Tens razão — era a sua vez de desviar o curso das coisas —, ele era um grande sedutor. Na primeira vez que saímos, me levou a um *shopping*. Fomos ao cinema. Nem lembro o filme, tanto nos beijamos. Depois, ficamos vendo as lojas, como pai e filha. À luz do dia, em público, ele nunca me...

— Não podia, era casado.

— ...tocou.

Thaís riu. Espichei o braço sobre a mesa, acariciei-lhe a mão. Estava completamente molhada. Recolhi o gesto, aproximei meus dedos do nariz. O cheiro de suor e perfume francês me deixou excitado.

— No dia seguinte, deu-me um par de tênis, de presente. "Como sabias que eu queria exatamente este?", perguntei. "Pelo brilho dos teus olhos, quando o viste na vitrine", ele respondeu.

Encarei-a. Ah, se eu conseguisse adivinhar o que desejavam aqueles grandes olhos negros...

— Me conta... — tornou a insistir.

Tinha afastado xícara, açucareiro, livros, jornal e apoiara os cotovelos no tampo da mesa e o rosto nas palmas das mãos.

— Não te mexe — pedi, enquanto apanhava a máquina fotográfica.

Nunca mais essa mesma luz dourada bateria por trás de sua orelha esquerda, projetando uma sombra espessa e dolorida sobre a lateral do nariz delicado; nunca mais a sua boca se dividiria em duas metades tão simétricas e impossíveis; nunca mais, nunca mais. Cliquei-a diversas vezes, de ângulos levemente diferentes.

— Chega — ela disse. — Não esquece de me mandar, depois, por *e-mail*.

— Ele nunca te fotografou?

— Uma vez, no motel.

Eu tinha visto as fotos. Pudicas. Luz insuficiente. Ruins.

— Ao menos nisso, levo vantagem.

— Não basta. Paixão é química. Olha só, no sábado, em Gramado, eu senti o cheiro dele, no meio da multidão. Vinha pela avenida principal e, de repente, senti. Parei, respirei fundo e senti no ar o cheiro dele.

Não pode ser, pensei.

— Quase desmaiei quando o vi, de abrigo, suado. Me enfiei na primeira porta, uma loja de brinquedos.

— Dezoito anos depois, assim, na rua aberta, entre centenas de pessoas, merda de cachorro, mijo de bêbado, fumaça dos carros, tu sentiste o cheiro dele?

— Senti, te juro. A atendente da loja percebeu a minha fraqueza, me deu um copo de água com açúcar.

— Hipoglicemia — murmurei.

— Saudade — ela disse.

Peguei a câmera, examinei as fotografias no visor digital. A terceira da série era extraordinária. Qualquer dia desses, os japoneses lançam um sistema de imagens aromatizadas.

— Do que estás rindo? — perguntou Thaís.

— De nada — menti outra vez.

Gemidos

"Contei e recontei a história tantas vezes que já nem sei mais o que é memória, o que é invenção", diz a velha enfermeira, cega e meio caduca, com quem trabalhei alguns meses, depois que lhe pergunto sobre a história do mendigo salvo por um médico residente da Santa Casa. Ela sequer reconhece a minha voz. É isto, então, o que nos tornamos? Um saco desconjuntado de carnes moles, um conjunto de córneas vazias, uma boca gretada?

"Lembro, sim, do médico que entrou no hospital com o mendigo nos braços. Não fosse a ação rápida do doutor Nelson, o homem teria morrido."

Quero mais informações, a cor dos olhos, as feições...

"Não lembro dos detalhes. O tempo deixou as coisas meio nebulosas."

Olhos castanhos, digo.

"Castanhos? Então o senhor o conheceu?"

Vi fotos no hospital, respondo.

"Hoje, minhas lembranças mais freqüentes são as de infância, e não as desse período intermediário — os anos que passei metida num avental azul, correndo de um quarto ao outro, injetando morfina, trocando gaze, fechando pálpebras espetadas sobre olhos mortos."

Solitários são assim. Quando encontram alguém disponível, desfiam o rosário todo. A voz da velha ainda é agradável e melodiosa, e me faz recordar as intermináveis noites de plantão, quando comecei a namorar a Júlia. Ao final da residência, trocamos as incômodas macas de ambulatório pela cama sólida do casamento.

"Escritores, como o senhor, deviam freqüentar as salas de emergência, vendo sangue, osso triturado, corte de faca, furo de bala. Flaubert, para melhor descrever os tormentos de Ema, tomou, ele próprio, arsênico. Espero que o seu interesse por mendigos passe, ao menos, pela vivência de uma ou duas noites ao relento, nos altos do inverno, sob a marquise de uma calçada."

Mais que escritor, sou médico. E, como Pedro Páramo, só estou querendo saber quem foi meu pai. Não, não é só isso. A traição de Júlia, agora que eu supunha sua carne apaziguada, os *e-mails* que encontrei em seu computador trouxeram-me até aqui.

"O doutor Nelson exigiu que fizéssemos a higiene no paciente com o mesmo rigor de sempre. Não é por ser mendigo que será tratado como cidadão de segunda classe, ele disse. E quem paga a conta?, aventurou-se a enfermeira-chefe. Eu, disse o médico. Toda a implicância que eu nutria pelo jovem e orgulhoso doutor desfez-se naquele instante. Enfim, estávamos diante de um homem justo e sensível."

Justo, sensível e corno, penso. Minha tão dura companheira, econômica no afeto, no sexo, no sorriso, é capaz de gemidos intensos, como *ele* recorda num dos *e-mails*. Não posso negar, o rapaz é bonito, tórax volumoso, braços fortes. Tratam-se com um carinho que eu desconhecia nela. Essa velha seria capaz de reconhecer Júlia, agora?

Não me foi fácil localizá-la. Na Rua Felipe Camarão, onde residiu por décadas, disseram-me que talvez tivesse retornado a sua terra natal. Em Santa Cruz do Sul, encontrei parentes que me forneceram o endereço em Porto Alegre, no Morro da Cruz. Meses de busca, e aqui estamos, um diante do outro. Na favela, todos a conhecem. Apesar da idade, presta auxílio aos necessitados. Enxerga pouco, mas tem boa mão para arrumar ossos. À medida que sua aposentadoria perdia poder aquisitivo, afastava-se do centro da cidade, e das livrarias. Acabou neste barraco imundo. Muitas vezes, eu e Júlia a presenteávamos com livros. Era a única, naquela zona do hospital, que aproveitava os raros instantes de folga para ler. Já então eu tinha pretensões literárias. A simples visão de um ser humano agarrado a um romance comovia-me. Na próxima vez, vou trazer-lhe o último Saramago, as memórias de García Márquez e de Ernesto Sábato.

"Não podes imaginar o fedor que exalava. Tinha o corpo coberto de escaras, os cabelos infestados de piolhos. Depois do banho, fiz-lhe a barba. Pelos dentes ainda sadios, percebi que não fazia muito que vivia na rua. A recuperação foi rápida, era um velho forte. Dias depois, quando fui aplicar-lhe um sedativo, segurou a minha mão. *Quero te contar um segredo. Não posso morrer com isso.* Lá, naquela hora, ele imaginou o pior, mas se recuperou completamente, e, semanas depois, retornou à rua. Nunca mais o vi. Sentei-me a seu lado e o ouvi com atenção. Sempre fui delicada com os doentes. A gente nunca sabe o que o destino nos reserva, não é mesmo?"

Muitas vezes eu o vi, nas calçadas, arrastando as suas bugigangas, dormitando nos parques, acompanhado de um cachorro sarnento. Jamais me reaproximei. Salvei-o do infarto, foi o suficiente. Fiz o meu trabalho, apenas isso. Respeitei a opção radical que ele próprio fizera. Enlouqueceu, dizia minha mãe, encerrando o assunto. Se aos lençóis quentes um homem prefere a escarcha, é problema seu. Não seria eu, que dele tantas vezes ouvi, em seu inglês britânico, *Live and let live*, que o desrespeitaria. Dei-me apenas o direito de não comunicar a ninguém o grau de nossas relações. Quando foi necessário, salvei-o. Teria morrido na calçada, diante do hospital, sem a cirurgia. Depois, quando me formei, fui trabalhar no interior. Nunca mais o vi. Júlia era, então, apaixonada por mim. Eu não podia imaginar que um dia pudesse compreendê-lo tão profundamente quanto agora.

"Ele não devia ter fuçado nas coisas dela. Todo casal precisa manter espaços invioláveis. Se Carlos Bovary não tivesse aberto o compartimento secreto da escrivaninha de Ema, teria morrido feliz. Acho que para um homem é ainda mais difícil. Deles, até as mulheres exigem que sejam machos. Não somos as primeiras a desdenhar quando descobrimos que o vizinho é corno e não faz nada? De vez em quando, a esposa dormia na casa de uma amiga. No meio da noite, ele precisou de alguma coisa, era muito desorganizado. Resolveu telefonar. Até aquele instante não desconfiara de nada. O embaraço da outra, a explicação estapafúrdia — que Maurem saíra para comprar cigarros, mas a esposa não fumava — fizeram soar o alarme. Tinha a noite inteira para procurar. Localizou as cartas, sob um fundo falso no guarda-roupas."

Envergonhado, mantive em segredo meu parentesco com o mendigo. Quando essa mesma enfermeira, que agora mastiga a boca sem dentes, observou a coincidência de nomes no prontuário, desconversei.

"*Eu sabia que não devia matá-los*", ela disse que ele disse. "*Agarrou minha mão com firmeza e continuou: No instante em que apalpei o revólver na cintura, senti que não devia matá-los. Ouvi os gemidos de Maurem, atrás da porta, e compreendi que aquilo era mais que paixão. Meses depois, quando anunciou que estava grávida, cheguei a sentir uma certa alegria, embora tivesse certeza de que o filho não era meu. O menino nasceu saudável, e de olho azul. Um professor de biologia, que ensinava a Teoria de Mendel a alunos sonolentos, não poderia enganar-se. Romeu comparou os olhos de Julieta a nozes-moscadas. Eu, depois, para fazê-la sofrer,* disse ele, *comparava os seus olhos negros a suculentas ervilhas. Criei o menino. Sabia que um dia ele me salvaria.*"

Pergunto se o mendigo lhe disse quem era o menino.

"Não", ela diz.

E o nome do amante?

"Não."

E a profissão dele?

"Médico ou dentista, não tenho certeza. No início da gravidez, para protegê-la da violência da cidade, ele a levava até a porta do prédio do amante. Enquanto ela se divertia no consultório, ele fumava na rua. Ao saber de seu estado, o outro quis que abortasse. Ela abriu a janela e apontou o marido, escorado numa árvore. Ele vai nos matar, desesperou-se o homem. Ele sabe de tudo, ela deve ter dito para acalmá-lo. E o médico, ou dentista, depois desse dia, nunca mais a recebeu."

Não compreendo, digo. Os gemidos dela fizeram com que ele desistisse de matá-los? Foi isso que ele disse, foi isso?

"Foi. Lembro dele na cama do hospital, depois da cirurgia, dizendo que os gemidos dela, a intensidade deles, o tom, a freqüência, o espanto de sabê-la capaz de amar com fúria fizeram com que mudasse de idéia."

Não compreendo, repeti.

"A imagem dele, transtornado, decidido a matá-los, caminhando furiosamente por alamedas arborizadas, subindo os degraus de três em três, nunca me saiu da cabeça", ela continua.

A velha fica em silêncio por alguns instantes.

"Não, nunca me saiu da cabeça a imagem dele, escorado na porta, ouvindo os gemidos do casal e sorrindo, o revólver inútil na ilharga."

Imagem falsa, eu digo, para me consolar. Construída a partir do que ele disse, como construo a imagem de meu pai, médico ou dentista, a partir do que essa velha diz.

Arlinda

Pedi uma cerveja bem gelada, fazia um calor terrível, não havia uma brisa, um ventinho que fosse pra aliviar a tarde de domingo. Os carros passavam na avenida cheios de gente tisnada pelo sol da praia. Sorriam, tinham coragem de sorrir pros que ficaram na cidade no feriado, como nós, os eletricistas, os mecânicos, os comerciários. Respirei fundo e me entrou pelas narinas o cheiro de gordura, cebola frita, lingüiça calabresa, ovo. Não agüentei. Troquei de mesa, fiquei o mais longe possível da cozinha da lancheria.

Tudo na vida tem o *a* e o *z*. Ficasse na outra ponta, tinha perdido a história, tinha perdido o meu tempo, furungando minhas próprias feridas. O que me fez prestar a atenção na conversa daqueles dois foi o nome da mulher: Arlinda.

Pode?

Sempre pensei que eu era o único homem na cidade a amar uma Arlinda. Se eu fosse cavalo ou cachorro, teria levantado as orelhas, mas fiquei só de oitiva, bicando a borda do copo, em golinhos.

A enxurrada de desaforos do grandalhão ao lado só cascateando nos labirintos e bigornas dos meus ouvidos. O cara estava furioso, a vida dos dois era um inferno, ela sempre tinha razão, eles não passavam um dia sem brigar, ela distorcia tudo, virava um demônio quando estava de boi, os signos deles não combinavam, escorpião e capricórnio, sei lá o que mais.

Pedi outra cerveja e fiquei ali, doido pra mijar, mas me segurando, não queria perder uma letra. Nem levantei a cabeça, não quis nem conferir as parecenças das Arlindas. O cara engrossou, queria separar, começar vida nova com quem merecia. E Arlinda quieta, digna. Envergonhada, com certeza, do vexame. Feito a minha Arlinda. A briga ao lado cresceu, ele ameaçava bater no primeiro que se metesse, mas eu, e o resto do povo, uns operários de construção, duas adolescentes gordas, os garçons entediados, não estávamos nem aí. Numa briga, se um galo abaixa a crista, o outro se desinteressa. A mulher chamou a conta, o homem se aquietou. Então, sim, então levantei os olhos.

Ela tinha as carnes flácidas e o rosto envelhecido e ele parecia mais jovem que ela. Ele era moreno, alto e forte; ela, menor e gorda. Arlinda fez o cheque e se levantou. Ele apressou o passo, de cabeça baixa, para alcançá-la.

No meio da rua, ele agarrou a mão dela, não sei se com ternura, não sei se com o mesmo ódio de ainda há pouco. Pedi outra cerveja e pensei em Arlinda, que tinha me expulsado de casa, como faz todos os domingos. Ela é também uma capricorniana dos diabos, fria, cruel, teimosa e egoísta, desconfiada e pão-dura. Sei que tenho tendências destrutivas, como todo aquariano, mas sou equilibrado e constante, inteligente e fiel. Li tudo isso num almanaque de farmácia e gostei da explicação. Agora, sempre que posso, uso.

Vou terminar a cerveja e voltar para casa. Algo me diz que Arlinda já está mais calma, preocupada apenas com a segunda-feira e com a prensa que os fiscais da prefeitura estão dando nos vendedores-ambulantes.

Futebol

"Se não for uma ordem, eu passo", retruquei ao tenente, quando ele me convidou. Não gosto de futebol, nunca gostei, acho uma perda de tempo. Não tive alternativa, ele me estendeu o apito.

Tudo era improvisado, as goleiras, a bola, os fardamentos, os jogadores, o juiz. Muitos daqueles soldados tinham crescido nos campos de várzea das cidades do interior, chutando petecas de pano, caroços de abacate, qualquer coisa que rolasse na areia, chão batido ou gramado.

Impávido, orgulhoso, a ponta do coturno sobre a cabeça, o tenente esperava minha ordem de começar o jogo. Senti uma tontura, eu precisava vomitar. Olhei em torno e vi todos a postos, goleiros, homens da defesa, do meio-campo, das laterais. Uma parte do pelotão ficou por ali, assistindo; a outra foi banhar-se no rio.

Tomei fôlego e apitei, com força, com raiva, com nojo.

O tenente rolou a cabeça com dificuldade, era pesada e sólida demais. O gramado, cheio de buracos e cocurutos, também não ajudava. Nenhum jogador adversário quis enfrentar o oficial. Parados em suas posições, deixaram que progredisse em direção à goleira.

A distância, ouviam-se os guinchos dos animais na selva, e, mais próximos de nós, os gritos dos soldados brincando nas águas turbulentas do grande rio.

Sem ninguém que o enfrentasse, o tenente avançou, lento, suado, e entrou na área.

— Chuta — gritou o goleiro —, chuta.

O oficial parou um segundo, jogou a perna para trás, buscava o máximo de impulso e força, e deu um bico na cabeça ensangüentada, que não chegou a levantar do chão, mas o goleiro jogou-se nela e a deteve, não sei se pelas orelhas, não sei se pelos cabelos, só vi quando ele a agasalhou no peito.

Nero

Já me acostumei com tudo, briga de faca, tiroteio, sangue e dentes quebrados, ele disse, mas ainda sinto um ajoujo quando recolho um galo estropiado pra cocheira. Depois de uma luta, eles ficam tão excitados que nem conseguem parar, bicam a própria carne, atacam o que encontram pela frente, vidro, pedra, graveto. Aí, é melhor sacrificar. Tem tratador que assa, eu não. Faço enterro, rezo um Pai-Nosso, porque não consigo comer um galo que teve a coragem de entrar no rinhadeiro e enfrentar as puas de metal e o bico afiado de um adversário. Mais triste ainda é ver um campeão morto, o pescoço mole, o olho vazado, como hoje. Galo não tem orgulho, são todos iguais. Nunca vi, mesmo no mais valente, um naco de chibança. O galo briga é pra ser digno do desvelo do tratador, mas quem tem prazer é o homem, esse bicho que se diverte com o sangue, a dor e o sofrimento. Hoje, lá no curro, chorei quando vi o Falluja ser abatido com um golpe certeiro. Ele não era o favorito, eu sabia que a coisa ia ser dura, mas não pensei que um malaio, grande e pesado, pudesse acertar um puaço com tanta precisão, de cima pra baixo, no cocuruto do meu galo. Esse tipo de raça, de asa curta e pernas musculosas, só anda no chão, não avoa.

Será que galo tem hora? Será que pressente alguma coisa? Na quinta, quando fiz o trabalho-de-mão, o Falluja nem bateu asas direito, estava desanimado, mal se equilibrava nos exercícios. Depois, no caminhador, ficou parado, olhando o nada. E hoje, na hora da luta, entrou no rinhadeiro como se cumprisse uma obrigação. Vi, pelo seu jeito, que não era medo, nem cansaço, nem preguiça, nem doença. Não fugia às provocações, mas não reagia, parecia conformado. Justo o Falluja, sempre o primeiro a atacar. Ficou grudado no chão, sem ânimo. Cheguei a pensar que tivessem jogado uma bolinha de pão com calmante, na serragem. Mas não, acho que não. A briga tinha cotação baixa, não valia o risco. Trapacear num torneio pode custar a vida, e não só do galo. Foi ele mesmo que não quis lutar, se deixou abater, sem dignidade, feito ovelha. Vai ver, estava cansado da vida de rinha e desistiu. Na hora do golpe, nem piou, caiu de frente, como quem se ajoelha, seco, morto. E eu chorei, mas escondi as lágrimas pra não perder a confiança do meu chefe. Imagina se mostro fraqueza?

Não posso lhe dizer o nome, é um figurão do governo. Desde o tempo do Jânio que o jogo é proibido. O senhor pensa que aqui só vem a bandidagem? Poucos lugares recebem tantos endinheirados, autoridades e artistas como os nossos torneios. No outro sábado, só pra lhe dar um exemplo, esteve aqui uma atriz famosa, acompanhada do Deputado. O jeito dela na platéia, pouco interessada nas rinhas, me fez lembrar a Helena, a noiva de meu tio. Não, também não dou os nomes dos visitantes, sei lá se o senhor não é da polícia, ou jornalista, mas posso contar a história do melhor galo que conheci. E do meu tio, que era um tratador de mão-cheia. Tudo que sei aprendi com ele — anotar o peso dos lutadores todo santo dia, lavar com sabão de coco, lixar os esporões, cortar as unhas.

Quer ouvir? Então, pague uma cerveja pra alisar o gogó.

Uso lixa fina, dessas de madame. De oito em oito dias, os galos vão pro treino — de biqueira e retovo, é claro, porque senão eles se machucam. E duas vezes por semana faço trabalho-de-mão. A esquerda embaixo do peito e a direita equilibrando a cola: vuupt, o bicho sobe quarenta e cinco centímetros, bate as asas. De cento e vinte a cento e cinqüenta pulos, pra não ficar ladino e engordar. O melhor peso? Entre dois quilos e oitocentas a três quilos e trezentas gramas, mas depende da raça. Um shamo, às vezes, tem mais de cinco quilos. Um malaio, que é corcunda, também pode chegar a tanto.

Se tem pressa, devolvo a cerveja.

Contar uma boa história é como preparar um galo. Embora estejam todos ao redor do curro por causa do desfecho, as marchas e contramarchas é que fazem a briga interessante. Uma história também tem unhas e esporões.

Em dia de torneio, acordo de madrugada. Cevo o mate, arrasto o mocho pra perto das cocheiras e fico por lá, concentrado na égua-da-noite, que corcoveia pra não partir. Ela resiste, mas quando os primeiros fios de luz mancham seu lombo escuro foge assustada. Os bichos acordam com seu tropel. Reouço o coleirinho, o canarinho-da-terra, o papa-figo. Eles cantam e eu repasso os torneios, revejo cada luta. O bom tratador sabe transformar um defeito em virtude, e neutralizar as vantagens do adversário. Num caderno, que guardo embaixo do colchão, tenho tudo anotado, a raça do galo, o peso, a altura, os pontos fortes, os pontos fracos. Não anotei, sobre esse tal, que ele pudesse saltar e atacar por cima. É, o Chico-das-Correias me pegou de jeito. Na mão do meu tio, o Falluja teria acertado o malaio no ouvido, antes que ele subisse do chão.

No meio da manhã, massageio as coxas, o pescoço e o peito do lutador do dia como se acariciasse uma dona. Depeno essas partes, que é pra injeção de vitamina entrar melhor na pele. Com o dedão, desmancho os caroços, estico os músculos. Aos poucos, vou entrando no galo, vou virando galo. E aí, até a hora da luta, só me entendo com ele na base do cocorico. Depois, quando ele arrepia as penas no rinhadeiro, sou eu quem levanta a crista.

O galo que perdi hoje, o Falluja, não tinha parecença com o Nero. Nem essa atriz que andou por aqui se parecia com a Helena. A namorada do meu tio era mulher de verdade, tinha um dente feio, os peitos pequenos, as canelas finas. A outra é uma boneca branquela, fria, de plástico. Só nos olhos inquietos é que as duas se igualavam.

Nero era um manquiva, melhor preparado que o Falluja, um calcutá. Sei como os indianos conseguiram essa raça, cruzando o jawa e o hyderabadi. O Deputado sempre me traz revistas e livros sobre galos, até em língua estrangeira. Leio o que posso e anoto no meu caderno. Depois de horas de combate, um calcutá ainda é capaz de um último grande golpe. Esperei que o Falluja reagisse, e nada. Era diferente de Nero, que tinha uma resistência descomunal, podia lutar um dia inteiro. E, de repente, apesar do cansaço, dava um puaço e fechava a conta. Galo de rinha é feito mulher, carece de afago, aveia descascada e paciência. E milho, lentilha, trigo, batida de beterraba, cenoura, cebola e ovos. Um tratador tem que ter pulso, não pode vacilar. Confesso, não tenho jeito pra esse negócio, queria era ser veterinário. Já fiz três vestibulares e levei pau em todos. Fui cabo eleitoral do Deputado, que me deu emprego aqui no sítio. É abrir o galpão, puxar os tratores e os caminhões pro pátio, montar o curro e esperar o povaréu chegar. Espalho na vizinhança que o meu patrão gosta é da festa, mas não adianta. Todo mundo sabe que ele quer mesmo é ver os galos sangrando. Quanto mais feia a luta, mais feliz ele fica.

Os milicos também não permitiam as rinhas, mas faziam vista grossa. O povo precisava gritar em algum lugar. Só estouravam os torneios quando havia denúncia. Aí, metiam fogo em tudo, quebravam as gaiolas, recolhiam os galos, prendiam os jogadores. Antes do Jânio é que era bom, ninguém precisava ficar se escondendo, mas eu não peguei esse tempo, só o meu tio. Na mão dele, galos e mulheres demudavam. A Helena, que a outra me fez lembrar, chegou lá em casa meio torta, magra como um caniço, o cabelo seco, a pele escamosa. E, na tarde do torneio, meses depois, estava aprumada, de encher a vista, nem lembrava a franguinha aperreada que tinha vindo pela calçadinha de tijolos, num vestido floreado e de cabeça baixa.

— Camanga nova — murmurou a mãe.

— Deixa de ser besta — disse o pai, meio pra dentro, que os dois não ouvissem.

A tarde se foi, arrodeada de chilreios e mugidos, a que se acrescentaram os assovios de meu tio, todo pachola, ao lado da criatura assustada e como que faminta.

Não sei se foi vergonha, ou falta de apetite, mas a moça não bicou a comida durante o jantar.

— Um desaforo — disse a mãe depois que eles partiram, e repetiu a ladainha por vários dias. E olha que a mesa era farta, costeleta de porco assada no forno de barro, feijão-vermelho e arroz-do-seco, aipim frito, salada de rúcula, tomate, pepino em conserva. De sobremesa, uma ambrosia de lamber os beiços. A mãe não era de se mixar, ainda serviu licor de laranja, que ela mesma fazia, e um café coado de arremate.

Meu tio falou de galos, como sempre. Era um especialista, e criador. Vinha gente de longe, até de Pelotas e Alegrete, atrás de seus malaios, shamos e calcutás. Além disso, sabia treinar um vencedor. Vivia bem, tinha casa de material e uns cinco hectares de terra, na saída de Pau-d'Arco, logo depois do cemitério. Andava de lambreta por gosto, que não há coisa melhor no mundo que sentir o vento na cara, ele dizia. E tudo era fruto do trabalho proibido. Pra justificar as posses, falsificava notas de Modelo 15. Os cinco hectares de terra, que estavam cobertos de macegas e sem um chiqueiro, *produziam* milhares de latas de banha. Suas mãos de papel de seda nunca tinham visto um cabo de enxada, mas até empréstimo ele conseguia, no Banco do Brasil, como se fosse plantador de soja.

— O Nero é um franguito ainda, mas tenho certeza que será um campeão — ele explicava pro pai, que de galos só sabia que tinham asas.

— Franguito é esse aí — brincou o velho, e jogou a cabeça pro lado, na minha direção.

— Já trocou as penas? — o tio perguntou assim, direto, na frente da nova namorada. — Vai ver, o leitinho ainda é transparente...

— Parem com isso, seus bagaceiros — gritou a mãe. — Não sabem respeitar uma criança?

— Criança, não — eu disse, e saí da mesa. Deitei na rede, na varanda. Ouvi o riso deles por um bom tempo. Depois, senti um movimento, e um perfume que eu conhecia bem.

— Não liga — ela disse, e se ajeitou ao meu lado. Foi a primeira vez que desgostei da pele da mãe encostada na minha. Deixei a rede e voltei pra sala.

Acho que o tio percebeu o desgosto da mãe, ou o pai falou alguma coisa, porque eles não voltaram a nos visitar. Ele era tudo pra mim, o espelho onde eu me via, de cavanhaque e bigode. Eu já não agüentava a saudade, mas tinha aprendido a ficar quieto. O jantar virou um olho-de-boi, um sumidouro de palavras. Por algum motivo, a simples lembrança da desfeita de Helena deixava a minha mãe enlouquecida.

— O Aluísio quer falar contigo — disse o pai, meses depois.

Atravessei Pau-d'Arco de bicicleta, numa chispa. A cidade ainda não tinha sinaleiras, nem rótulas. Da rua onde eu morava à casa do tio, no outro lado, dava uns quinze minutos. A pé, mais de hora. Pau-d'Arco era espalhada, de casas de alvenaria ou de madeira, com grandes pátios e jardins. Ninguém precisava ir à feira pra comprar fruta ou verdura, era só apanhar no quintal. A cidade mudou, como tudo. Nesse Natal, depois de vários anos, visitei a mãe. Quase desconheci a minha terra. O pai já morreu e não chegou a ver a Pau-d'Arco que tem faculdade, fábricas, um comércio forte. Ele ia ficar feliz de saber que as três famílias que mandavam no município já não mandam mais, que até o PT conseguiu, sozinho, reeleger o prefeito. Depois das eleições, o Deputado passou dois dias aqui, debruçado no curro, rinhando sem parar. Achei que ele ia matar todo o plantel. "Ah, se o meu candidato tivesse um pouco do sangue desse aí", ele exclamava, apontando pro Falluja. O Deputado é um cacique da minha região, mas tem gente que já não ouve o que ele diz.

Encontrei o tio nos fundos da casa, sentado nas raízes de um velho eucalipto, com o Nero no colo. Vou te ensinar a lidar com os galos, ele me disse. Acariciou a cabeça do calcutá e tirou do cigarro de palha uma grossa coluna de fumaça azulada e malcheirosa. Como que entendendo que agora não o esperavam esporas de metal, Nero se encolheu nas suas mãos pequenas e fechou os olhos.

Assim, sempre que eu podia, depois das aulas e quando a mãe não me mandava fazer outra coisa, me enfiava na casa do tio e virava aprendiz de tratador. No meio da tarde, a Helena vinha trazer um café. Se o vestido era de chita, vermelho, e com flores estampadas, os joelhos de fora, podia escrever que meu tio sumiria por algumas horas. Depois, ao retornar, parecia menor, mais magro, mais triste.

Mais uma cerveja e encurto a história.

Ah, eu não tinha contado, mas meu tio morreu pelas costas, dois balaços no pulmão e um na perna. O galo mata de frente, olho no olho, e não prepara tocaia, como a que sofreu Aluísio. Houve julgamento, mas faltaram provas. Ou se ajeitaram as coisas, nunca se sabe. Jurei vingança. Um dia, anos depois, ouvi a notícia da morte do assassino. Num baile, ele comeu ferro quente. Se arrastou pelo salão, com as tripas de fora, e morreu antes de alcançar a saída. Senti um alívio, eu não precisava mais cevar o meu ódio. Usei o tempo, até que a barba me tapasse a cara, a me preparar para deixar Pau-d'Arco. Quando o Deputado tentou a reeleição, vi que era a minha chance. Trabalhei muito pra que ele conseguisse. Semanas depois, no corredor da Assembléia, levou um susto quando me viu. Quis que eu voltasse pra Pau-d'Arco, me ofereceu o dinheiro da passagem, mas insisti. Eu queria um emprego, era o que ele tinha prometido.

Naquela mesma tarde, ele me trouxe aqui pro sítio.

O Nero está pronto, anunciou o tio numa sexta-feira. O torneio seria grande, viriam galistas da fronteira, e até do outro lado, do Uruguai e da Argentina. Tudo se fez às claras, no Parque Municipal, apesar da proibição das rinhas. Acho que era por causa do Sesquicentenário da Imigração Alemã. Antes, os colonos se divertiam nas Linhas de Tiro, e agora, durante uma semana, iam receber permissão pra festejar nas bancas de tiro ao alvo, com armas de brinquedo, nas canchas de bocha e nos rinhadeiros. A cidade estava em festa, tomada de fitas e bandeiras do Brasil e da Alemanha. A Lei fechava ainda mais o olho, debaixo da tiara, e o fiel da balança já pendia, desde o berço, pro lado do assassino, outro fanático por galos de rinha, como meu tio.

Não sei se passei a noite em claro, não lembro. O que me vem à cabeça, trinta anos depois, com toda a nitidez, são os rabos-de-galo que encheram o horizonte, na tarde de sábado. Uma das nuvens, por um instante, formou nos céus uma figura que parecia um galo, com a crista vermelha e as penas castanhas e reluzentes. Vamos ganhar, pensei.

Em poucos instantes, Nero, o Imperador de Pau-d'Arco, bateu três concorrentes. O último galo foi mais difícil.

A tarde ainda redemoinhava, era novembro, e sábado.

Meu tio se debruçou no curro, assoviou duas vezes, de doer no ouvido, e Nero compreendeu. Na platéia, Helena, entediada, fechou os olhos. Nosso manquiva parou de atacar o malaio, grande e forte, e deixou que ele revidasse. Pesado, o outro galo investiu muitas vezes, e errou todas. A pua ou passava por baixo dos pés, quando Nero já havia saltado, ou por cima da cabeça, depois do mergulho. O que faz a diferença num torneio é o preparo do galo. No curro, a hora da verdade sempre vem, mas vence não quem tem mais raça, mas o que recebeu o melhor treinamento. Por isso, apesar do tamanho do malaio, Nero levou dianteira. O adversário, pesado, de asa curta, não conseguia sair do chão, e o nosso galo arremessava o corpo pro alto e subia. Na volta, a espora vinha certeira, na cabeça, arrancando sangue, gritos e aplausos. Eu via tudo, o vinco no rosto de meu tio, que ia se desfazendo a cada golpe certeiro, e os olhos verdes da Helena, na platéia.

O juiz quis parar o combate, mas o dono do outro galo não aceitou.

— Até a morte — ele gritou —, vamos lutar até a morte.

Enojada, ou porque quisesse aproveitar a situação, Helena abandonou o torneio. Vi que meu tio se enfureceu, perdeu o controle. Ele gostava de ter os galos e as mulheres no próprio curro, ao alcance da mão e do olhar. A raiva que sentiu da noiva, ele a transferiu ao malaio. E Nero, mais uma vez, compreendeu. Seu tratador não queria vencer, mas esmagar; não interessava o troféu, mas a humilhação do adversário. Implacável, com uma fúria que eu não tinha visto nas muitas semanas de treinamento, Nero furou um olho de seu irmão de luta. Vindo sempre pelo lado cego, fustigou o outro por horas a fio. Antes do final, como se sentisse prazer com isso, acertou o outro olho, fazendo o galo inimigo correr às tontas pelo picadeiro. Enfim, o lutador tombou. Saciado, meu tio recolheu Nero, debaixo de um furacão de palmas, gritos e assobios.

Meses depois, ao sair de casa pra tratar da rinha de revanche, levou os tiros nas costas.

Soubemos também, no julgamento, que a vendeta misturava jogo e paixão. Helena, antes de viver com meu tio, tinha sido amásia do mandante do crime.

Em Pau-d'Arco, naquele mundo mais antigo, meu coração se acelerava só de ouvir os estouros dos manotaços no rinhadeiro. Hoje, já não me emociono mais. Sinto pena dos galos, essa é que é a verdade. Às vezes, sonho que vivo numa cocheira suja — tenho garras e bico, meu tratador é um relaxado, não apara as minhas unhas e nem lixa as minhas puas.

Insônia

Eu devia ter dito alguma coisa, pensava Antocha Tchekonté, a fitar as ranhuras no teto. A consciência, dilatada pelo silêncio e pelo calor, cobrava-lhe, tardiamente, uma atitude. O Diretor Administrativo, diante de vários membros do Gabinete, na reunião da tarde, reunião que se estendera por várias horas, apresentara documentos incômodos, indícios de incúria, de má gestão. "Exijo uma Sindicância", disse, sem erguer a voz, e fitou o amigo Antocha, como que a buscar apoio para aquele procedimento. "Para proteger o Ordenador de Despesas", continuou. Sem encontrar posição na cama, Tchekonté levantou-se, foi à janela e fumou um cigarro no escuro. Do apartamento, podia ver a avenida iluminada, por onde trafegavam escassos automóveis. Recordou-se do Secretário, a pontificar, exaltado, na cabeceira da mesa, sobre o perigo da "pequena política, que nos faz perder de vista o Projeto". Ah, pensou Antocha, se o Projeto fosse como a avenida, linear, balizado por lâmpadas potentes, asfaltado...

Era um técnico competente o funcionário de terceiro escalão. Aposentado pelo Tribunal de Contas, acumulava o salário e os rendimentos do cargo de confiança, desde que seu partido assumira o poder. Merecia o que ganhava. Zeloso e pontual, jamais se esquivava ao trabalho. Conhecia bem a Legislação Federal, a Constituição Estadual e o Estatuto do Servidor Público. Com freqüência, auxiliava o próprio Departamento Jurídico, cujos advogados, em início de carreira, perdiam-se ainda nos labirintos burocráticos. No dia em que o Secretário o convocou "a fazer parte do Gabinete" — seria uma espécie de assessor político —, Antocha refugiou-se no banheiro e enxugou as lágrimas. Enfim, o reconhecimento. Pena que o pai, o velho sapateiro comunista do bairro, não estivesse ali, para vê-lo. Morrera antes, nos porões da ditadura.

Nas primeiras reuniões, o novo membro do Conselho Político, Antocha Tchekonté, entusiasmou-se. Houve um dia em que arriscou até um pequeno discurso. Ao retornar do almoço, foi chamado à sala do Chefe de Gabinete. Que se contivesse, recomendava o superior. O Secretário não gostava de gente muito saliente. Desde então, Antocha encolhia-se, afundava na cadeira, distraía-se com uma revista ou um jornal durante as intermináveis discussões, a contemplar os pássaros sobre os telhados da vizinhança. Tudo não passava, mesmo, de encenação, a vontade férrea do Secretário sempre se impunha, e ele não estava disposto a participar daquele jogo, seu talento para o teatro esgotara-se no final da adolescência. Contra a força não há argumento, passou a sentenciar Antocha pelos corredores aos mais jovens, aos recém-chegados. Havia sempre a quem ensinar, que a ciranda de novos assessores não cessava nunca. Assim, loquaz antes e depois das reuniões, no transcorrer delas fechava-se num mutismo mineral. Desta forma, sobreviveu à movimentação frenética no quadro funcional da Secretaria. Dos velhos colegas, restava ainda o Diretor Administrativo, com quem compartilhava angústias partidárias e preocupações teóricas. Só até amanhã, recordou-se o funcionário. No dia seguinte, o *Diário Oficial* estamparia a demissão do velho amigo.

Antocha arrastou-se ao banheiro, urinou, deu a descarga, sempre no escuro. Se acendesse a luz, iria sentir-se obrigado a olhar para o espelho. E não queria ver a própria face. Bebeu água, molhou o rosto e os cabelos que ainda lhe restavam. Por um segundo, a aflição cessou. Teve, nesse momento, a ilusão de que seria capaz de adormecer, bastava tornar a deitar-se. "Eu quis falar", disse, para si mesmo, com a voz grave, empostada. "Eu quis falar, pai", repetiu.

O funcionário Antocha Tchekonté era honesto consigo mesmo, sempre fora. Sim, ele quisera falar, revoltar-se, fazer valer a sua condição de membro do Partido, de contribuinte assíduo e generoso, mas algo, não sabia se a desilusão, o medo ou a vergonha, fizera-o calar-se. Silenciou, e agora o silêncio reverberava dentro dele, crescia, quase o sufocava.

Retornou ao quarto, sentou-se na cama, cobriu as orelhas com as mãos espalmadas. As palavras dos outros, porque a sua não fora ouvida, e ele devia ter-se feito ouvir, retumbavam nos seus ouvidos.

— Fetichista da lei — gritava o Secretário ao Diretor Administrativo.

— Na sua opinião, o Ordenamento Jurídico é um entrave burocrático — retrucava o subordinado.

— Reizinho da ética — desabafava a Autoridade.

— Peço exoneração — dizia o amigo de Antocha a recolher os papéis sobre a mesa, um a um, as faturas, as notas de empenho, as notas fiscais, com a mesma paciência de sempre e o mesmo sorriso nos lábios.

E o funcionário Antocha Tchekonté lá, em silêncio, sentindo-se humilhado, quase com ânsia de vômito. Fora daqueles militantes que tinham sonhado com uma Administração decente, dedicara-se ao Partido com ardor, engrossara comícios e plenárias, sacrificara os horários de almoço para panfleteações e bandeiraços nas esquinas da cidade, e não conseguia falar, não conseguia solidarizar-se com o companheiro que defendia os valores que todos diziam defender, não conseguia condenar as práticas que tornavam seu partido em tudo semelhante aos outros partidos.

Antocha Tchekonté não suportou mais permanecer no escuro. Acendeu a lâmpada de cabeceira, tateou atrás dos óculos. Tão logo as pupilas acostumaram-se à nova situação, apanhou o livro que o Secretário lhe emprestara e retomou a leitura. Percebeu, então, que as lentes estavam fracas.

Amanhã, pensou, vou ao oculista.

O hexagrama

Não sei explicar o *I Ching*, mas aprendi a respeitá-lo. Mais que um oráculo, é um manual de instruções para a vida. Sou o esquerdista menos materialista que conheço. Acredito em homeopatia, não desprezo o espiritismo, consulto búzios e runas, espanto-me com os profetas. Tenho cinqüenta e quatro anos. Desde que meu partido perdeu as eleições estaduais, estou desempregado. Abri uma espécie de consultório, para sobreviver. Ainda há pouco, saiu daqui uma cliente. Fiquei tão impressionado com a sua história que decidi contá-la. À mão, neste bloco de anotações, que ainda não pude comprar um computador. Por enquanto, a clientela é pequena. Preciso investir em propaganda, imprimir um folheto. Já pensei num *slogan: O futuro não existe, mas pode ser construído*. Não sei se funcionaria, é honesto demais. Além de niilista, requer do consulente a paciência do construtor. Talvez o inverso fosse melhor: *O futuro existe, mas pode ser destruído*. É propositivo, dá por pressuposto que há algo a ser perdido, e é suficientemente vago para que cada um o preencha como quiser. Otimistas imaginarão empregos, loterias, viagens; pessimistas, catástrofes, desastres, doenças.

Não era jovem, a mulher. A tintura no cabelo escondia os fios brancos, mas nem a grossa camada de base no rosto disfarçava-lhe as rugas. Assim que entrou, observei seus ombros caídos, a leve cifose e o olhar opaco. Atendo em meu próprio apartamento, à tarde, quando minha mulher não está em casa. Se o negócio der certo, comprarei uma sala comercial, tirarei um alvará para funcionamento, pagarei impostos. Não sou legalista, mas também não me agrada a informalidade excessiva. Antes de começar a sessão, puxo assunto. Mais para me acalmar do que para acalmar o cliente. Sinto raiva. Não podíamos ter perdido as eleições. A derrota nas prévias, tudo começou lá. Ou na exclusão de um dos partidos da coligação que nos levou à vitória em 98. Para não me perder em análises póstumas, concentro-me no cliente, nos seus trejeitos, no seu olhar, nas suas vestimentas. Nem sempre uso o oráculo chinês. Esse diálogo inicial ajuda-me a descobrir o procedimento mais eficiente. Aprendi a observar os outros nas reuniões do partido. Às vezes, as cartas produzem um efeito maior; noutras, são as pedras. Ou as moedas. Escolhi o *I Ching*, no caso de Vânia, este é o seu nome, porque na juventude, eu tinha certeza, fora uma *hippie*. O vestido, de tecido leve e floral, era um dos vestígios que ainda carregava da geração perdida. A tatuagem em seu braço esquerdo, borrada, era o outro. Só com esforço podiam-se ver ali o círculo e o ípsilon invertido. Além disso, suas frases eram sentenciosas, permeadas por um orientalismo difuso. Não tive dúvidas, o *Livro das Mutações* seria o mais indicado.

Perguntei-lhe o que queria perguntar.

— No que foi que eu errei — ela respondeu e me fitou com um olhar triste e sincero.

Estendi-lhe este mesmo bloco de anotações e pedi-lhe que escrevesse a pergunta, com toda a lentidão possível, e que se concentrasse nela, na pergunta, e que a repetisse mentalmente, a cada vez que jogasse as três moedas sobre a toalha de linho. Não enchi a sala com quinquilharias esotéricas, nem com lâmpadas coloridas. Porto-me como um psicanalista, mantenho a barba bem aparada, uso camisas discretas e sorrio com bonomia.

À coroa, corresponde o número dois; à cara, o três. A cada lançamento, resulta uma de quatro somas: oito e seis ou nove e sete. Oito e seis são linhas abertas, *ying*; nove e sete, linhas fechadas, *yang*.

Anotei o primeiro resultado, a mulher sorriu, acomodou-se melhor na cadeira. Respirou fundo, como quem vai dar um longo mergulho, fez tilintar as moedas no côncavo das mãos, abriu-as. Repetiu o gesto até formar o hexagrama sem abrir os olhos uma única vez.

— *Meng* — eu disse.
— O quê? — ela perguntou, saída do transe.
— Insensatez juvenil — traduzi.

Embora eu lidasse com o oráculo havia mais de três décadas para uso pessoal, e havia menos de três meses profissionalmente, não conhecia de cor o texto dos julgamentos, das imagens e das linhas. Acredito que nem mesmo os monges taoístas sejam capazes de guardar na memória as centenas de páginas de comentários da obra que tanto fascinou a Leibniz e a Goethe. Apelei, pois, ao próprio livro, que retirei da gaveta. Nesse instante, Vânia deu um pequeno grito, depois teve um acesso de tosse, riso e choro. Esperei que se recompusesse. Antes que eu iniciasse a primeira frase, ela cortou-me a palavra.

— É clara a resposta — ela disse. — Foi aí que eu errei. Eu não devia ter consultado o oráculo, foi uma estupidez, um erro. Quem ama não precisa saber o futuro.

O que ela me contou daria um conto.

Jovem de classe média, recém-chegada à Universidade, apaixonara-se por um colega de curso, ativista político. Diante da pressão do amante para que o acompanhasse ao exílio após o golpe de 64, jogou o *I Ching*, por recomendação de uma amiga que conhecia o Livro Sagrado.

— A resposta foi 33 — ela soluçou. — A retirada.
— Seguiste o conselho? — indaguei, aflito.
Ela balançou a cabeça, afirmativamente.
Desde então, tudo na vida dessa mulher tem dado errado. Abandonou a Faculdade, teve vários casamentos frustrados, tornou-se alcoólatra e dependente de cocaína, sofre de depressão profunda e já tentou o suicídio duas vezes. Procurara-me como último recurso, por indicação de alguém que já me conhecia e que ficara muito satisfeito com o resultado de meu trabalho.

— O *I Ching* — eu disse — não é um horóscopo, mas um livro de filosofia. — Apanhei este caderno de anotações, onde agora registro a consulta de Vânia, e lhe mostrei a primeira linha, correspondente ao seu primeiro lançamento de três moedas.

— Tu montas o signo de baixo para cima? — ela perguntou.

— Sim, como reza a tradição — respondi.

Ela arregalou os olhos, torceu a boca, teve novo acesso de choro. Explicou-me, algum tempo depois, que compusera o hexagrama de cima para baixo. Ficamos em silêncio. O sol, em seu movimento de contração, escondeu-se por trás dos edifícios.

Tive de ligar as lâmpadas da sala.

Objetos mágicos

— As pirâmides do Egito são impressionantes — exclamou Alexandra, com o entusiasmo de quem ainda não tinha desfeito as malas.
— Não mais que o Taj Mahal — retrucou Letícia.
— Vento, areia, ruínas — suspirou a professora recém-chegada do Oriente.
— Prefiro a Torre Eiffel — disse Rosalía.
— Conhecer a Esfinge não era o teu grande sonho? — perguntou-lhe Alexandra.
— Era — respondeu a professora de História, enrubescendo.
— Gêmeos — desdenhou Letícia — estão sempre mudando de opinião.

A cabeça do conferencista, branca, hierática, inclinou-se perigosamente. Antes que eu o salvasse do vexame de adormecer à mesa, Helena, professora de

Literatura Espanhola, encarregou-se de acordá-lo com sua voz alta e estridente.

— Doutor Rinaldi, poderíamos dizer que os punhais e as facas de *Bodas de Sangre* são, também, objetos mágicos?

Durante a palestra sobre mitologia, ponto alto de nosso seminário internacional, o famoso especialista, que agora estava ali, à nossa frente, a comer e a beber como qualquer um de nós, cometera pequenos erros de citação que eu, na minha arrogância juvenil, corrigira, sem me dar conta de que talvez as minhas próprias fontes não fossem fidedignas.

— Todo texto, meu filho — dissera o filósofo e catedrático de estudos greco-latinos, retirando os óculos, e sem que, portanto, pudesse ver meu rosto na platéia, —, ao fim e ao cabo, não deixa de ser uma citação. Tudo já foi dito — continuou, enquanto limpava as grossas lentes com um lenço de papel — e de forma bem mais elegante que a nossa.

Confesso que ao final dos trabalhos só acompanhei a equipe de organização ao jantar para não parecer ressentido. A ironia de seu comentário e o riso abafado de alguns colegas doía-me ainda nos ouvidos. O despeito destrói tudo, amizades, amores e carreiras acadêmicas. Uma referência do velho professor, por menor que fosse, numa resenha ou ensaio, poderia abrir-me muitas portas. Como a de todos naquele jantar, minha presença também não era inocente.

Às histórias de viagens, que sempre acompanham as garrafas de vinho de certos banquetes, eu preferia falar de facas, moedas e retratos sobrenaturais. Suspirei de alívio quando o tema dos objetos mágicos retornou à mesa. Viagens também não pareciam interessar ao velho professor. Seus lábios anunciaram um sorriso, seus olhos recuperaram a vivacidade quando Rosalía, especialista em Literatura Inglesa, tratando de ser mais erudita do que a outra, a que indagara sobre a função das facas e dos punhais na peça do autor espanhol, perguntou-lhe:

— Mestre, o *Retrato de Dorian Gray* não lhe parece inspirado em "The Prophetic Pictures"?

Rinaldi Anablepein balançou a cabeça e, com humildade pouco usual, murmurou:

— Não sei.

— Não sabe — balbuciou, incrédula, a professora de Literatura Comparada.

— Não sabe — repetiu a de Teoria Literária, sentada à cabeceira da mesa, fitando-me como que a me exigir manifestação, afinal eu fora o primeiro a pô-lo em xeque. Não me regozijei, sequer sorri, odeio a falta de condescendência dos vitoriosos. Incrédulo, ouvi o venerando *doutor honoris causa* acrescentar que sequer sabia quem escrevera "The Prophetic Pictures".

— Hawthorne! — exclamou Rosalía, com uma entonação de voz tão categórica que colocava o outro na obrigação de ter lido tudo o que escrevera o recluso de Salem. Eu próprio, apaixonado que sou por Edgar Allan Poe e Washington Irving, somente conhecia o conto por insistência da colega, para quem o inglês eclesiástico de Nathaniel era o zênite do estilo anglo-saxão em terras americanas.

Não sei se por compaixão ou por vingança, tomei a palavra.

— Professor — eu disse, e coloquei na voz um acento terno, quase doce, para que ele soubesse que eu estava do seu lado — as histórias do Sul acrescentariam uma infinidade de objetos mágicos à galeria que compuseste, hoje à noite, com tanto brilho.

— Verdade? — ele indagou, sem ocultar o enfado.

— Recordo-me, assim *en passant*, dos punhais borgianos, dos coelhinhos de Cortázar, do cavalinho de porcelana de Bioy Casares — retruquei.

Sorvi, satisfeito, o ar de aprovação de minha orientadora de mestrado.

— Ah, te referes ao Sul além do Rio Uruguai — ele disse.

— É — eu retruquei —, aqui não temos nada.

O professor arregalou os olhos, ia balbuciar alguma coisa, mas engoliu o restante da água mineral. Antes de cometer a segunda gafe da noite, enredei-me numa explicação ainda mais tosca.

— Não temos nada de valor, eu quis dizer.

— Entendo. Os objetos mágicos da Argentina são mais autênticos, o *Golem* deles é melhor que o nosso *Centauro no jardim*.

Circulei o olhar pelo ambiente, fixei o rosto de cada uma de minhas colegas, ao de uma delas com indisfarçável ternura, e o mais que pude encontrar foi resignação ignorante, de quem concorda sem compreender o que realmente está em jogo.

Duas ou três professoras, além do próprio diretor do curso, desculparam-se, tinham compromisso pela manhã, não estavam acostumados àquelas "noitadas", agradeceram a gentileza de Rinaldi em "abrilhantar o encontro da Faculdade de Letras Vernáculas" e partiram.

Um silêncio constrangedor desceu sobre a mesa. Pensei em falar alguma coisa, para retomar o assunto dos objetos mágicos, mas algo havia mudado. A aura? O homem tinha encolhido, sua pele enrugara-se visivelmente, seus olhos perderam a vivacidade, eram duas cavidades inexpressivas. Alexandra, felizmente, retornou às narrativas de viagens, descreveu suas aventuras picantes na Índia, no Paquistão, na Rússia. Senti vergonha pelo marido, que eu sequer conhecia. Cansado, o professor não resistiu, adormeceu à mesa.

Rimos veladamente quando um fio de baba escorreu pelo seu queixo.

Lídia e o rabino

Depois que o rabino retornou ao apartamento, Lídia sentou-se no sofá da sala e não se levantou mais. Agora, somos dois sentados. O religioso lê em pé, como reza a tradição. Ela, sentada ali, confundida com o ar quase azul do ambiente, e eu, aqui, a escrever a nossa história. Lídia é muito parecida com a minha avó paterna, tem o rosto afilado, amarra os cabelos na nuca, fita o rabino com um olhar penetrante, inteligente e cínico. Sei que essa descrição é um clichê, mas, a despeito das críticas, permanecerá no texto. Quantas descrições de velhos de rostos afilados e olhares penetrantes terei encontrado em romances franceses e alemães? De que outra forma poderia descrever o rosto afilado, o olhar penetrante, inteligente e cínico de minha avó? Ou de Lídia? Se eu trocasse o primeiro adjetivo por uma comparação, apenas estaria substituindo lugares-comuns. Que outro símile fundiria inteligência e cinismo? Não será sempre o cinismo uma condição da inteligência? Fique, então, a enfiada de adjetivos, que só eles dão conta do que desejo dizer — que Lídia contempla o quadro com um olhar penetrante, inteligente e cínico, enquanto eu me torturo em dar significação ao vazio. Há algo que sempre se perde na descrição, algo que se esfuma na tentativa do verbo de dizer a coisa. Lídia jamais estará onde está, mas está. Eu já não estou nos adjetivos que usei para materializá-la, e estou. Sou tão outro quanto ela.

Antes, a cozinha era o território de Lídia. Às onze da noite, e sempre no mesmo horário, eu podia ouvir os estalidos da porcelana contra o balcão de mármore, o tinir dos copos, o choque de pratos e talheres. No princípio, apurava os ouvidos. Um caminhão não teria passado na avenida e sacudido o prédio, naquele exato instante? Um ônibus? Um leve tremor de terra? Depois, acostumei-me com o hábito incansável e pontual de Lídia de preparar, tardiamente, a janta. Embora constantes, os ruídos não repetiam um padrão, nem uma freqüência. Havia, sim, um momento de começar, e a hora era exata, e tudo acabava, em geral, treze minutos depois. Mas, durante esse intervalo, os timbres variavam, e — de um dia para o outro — não se repetiam. Às vezes, eu ouvia a batida de uma frigideira contra a treliça de metal do fogão; outras, era a leiteira de alumínio que tinia; noutras, ainda, era um copo que se partia, com estardalhaço, ou uma panela que despencava da estante, ou a porta do refrigerador que se escancarava sozinha. No dia seguinte, com a intimidade que o longo convívio propicia até mesmo às empregadas, Zulmira repreendia-me por ter deixado a geladeira aberta outra vez.

— Mais uma xícara de porcelana, doutor Aluísio? — queixava-se na semana seguinte, como se a destruição dos meus pertences a prejudicasse.

Certifiquei-me com o zelador se os vizinhos não usavam furadeiras, martelos ou outros objetos capazes de fazer vibrar o prédio àquela hora tardia. Garantiu-me que não, que o horário de silêncio era rigorosamente respeitado. Meteu-se a me contar de um morador festivo, cujas visitas, *rapazes*, pasmava-se o homem, costumavam ser ruidosas. Felizmente, o transgressor fora expulso do prédio, em reunião extraordinária convocada pelos condôminos para aquele fim.

Depois de semanas de investigações pelos arredores, em busca das ondas de choque que podiam estar gerando a cinese em minha cozinha, o porteiro contou-me, por acaso, como se dera a morte de Lídia, em pleno supermercado da esquina.

— Pagou a conta, mas não chegou a carregar os pacotes — ele disse, rindo.

"Porque não conseguiu trazer as compras para casa, o espírito dela não consegue deixar a cozinha", explicou-me um amigo espírita.

Agora, Lídia está sentada no sofá, com a espinha reta, o queixo arremetendo orgulhosamente para a frente, os lábios entreabertos num sorriso sutil. Mantém a pose de oligarca e nem sabe que é inútil. Não se move, concentrada no mesmo ponto — o ângulo na parede onde dependurei a pintura. A tela, de cores frias, preto, marrom, pastel, creme e cobre, é simples. Dessa simplicidade aparente de que se vestem as obras verdadeiras, as obras profundas, que não necessitam de fogos de artifício para luzir. Reclinado sobre o Livro, o rabino lê, com os ombros recobertos pelo *talit*, a cabeça protegida pelo *kipá*. Em sua testa, como uma lâmpada de mineiro a iluminar as entranhas da terra, dependura-se o *tefilin*. Explico ou não explico os três substantivos iídiches? Ah, que o leitor colabore com a composição do narrado, que o empobreça ou o enriqueça a seu arbítrio. De qualquer forma, por mais perfeita que fosse a minha descrição, não seria capaz de reconstituir na mente de quem lê as nuances, os tons de luz, o ar sereno e apaziguado do rabino que ambos contemplamos, eu e Lídia.

Assim que mudei para cá, depois de comprar o apartamento dos familiares da morta, fui tomado por uma estranha vontade de mobiliá-lo à antiga. Uma vontade exótica, reconheço, uma vontade extemporânea, pois sou avesso a tudo que lembre decadência, mofo e velhice. Meus críticos dirão que é compreensível, dados meus sessenta e tantos anos e minha doença. Enganam-se. Desde a juventude tenho paixão pelas modernidades. Resisti ao desejo das velharias e povoei as vastas dependências do apartamento com móveis de ferro, vidro e vime. Cedi, no entanto, à idéia de ilustrar as paredes com pinturas a óleo.

Iniciei uma peregrinação estafante pelas galerias de arte da cidade. Abarrotadas, todas, com peças inconsistentes, sem nenhum valor de culto. Úteis, sim, para atenuar cores de paredes, reforçar a luz de ambientes, executar algum paralelismo com as arestas de uma estante, mas descartáveis. Eu queria uma obra que tivesse aura, energia, que lembrasse, ainda que vagamente, a permanência, algo que abrisse uma clareira no mundo, que obrigasse o espectador a diminuir o ritmo e a angústia. Enfim, numa loja de antigüidades, encontrei o rabino, que hoje dá a minha sala este ar de quietude e repouso.

Lídia sorri,
o rabino lê
e eu escrevo.

Agora, estamos felizes, os três. Antes, não era assim. Lídia penava pela casa, o rabino mofava num antiquário e eu flanava sem parar, em busca de uma história. Para mim, que sou escritor, esta é a própria imagem da paz — um homem de barbas brancas, sob um teto aquecido, a ler.

Uma doença degenerativa suga, como a gravidade à areia numa ampulheta, os meus órgãos, e já não vivo sem a dezena de remédios que sou obrigado a tomar. Sou um animal arrastado pela enchente. Ou é assim que me sinto, logo que acordo. Depois do banho, devidamente medicado, sento-me aqui a contemplar o rabino, e a correnteza perde a força.

Antes do retorno do rabino, eu lia, à noite, mas não conseguia escrever, sentia-me bloqueado, tão bloqueado quanto a porta secundária da cozinha, encoberta por dezenas de pacotes de livros de minha autoria, recebidos como prestação de direitos autorais. Uma impiedosa autocrítica abortava as minhas frases antes que chegassem ao ponto final.

Ontem, passei a mão na barba do rabino e fiz-lhe um pedido:

— Dá-me um conto.

O texto que estou produzindo agora, enquanto Lídia sorri, é uma das páginas que o rabino, sereno, lê. No texto, também está escrito que eu e Lídia evitemos as mesmas peças do apartamento, felizmente antigo e grande, bem maior que as nossas necessidades. Herança, imóvel gravado. Terras de meu pai, na fronteira, que se transformaram em pouco mais que uma centena de metros quadrados nesta antiga e decadente avenida de Porto Alegre. Do campo e do passado, herdei também os erres carregados e o vício do mate. Às vezes, apesar da proibição, ou porque saio com muita rapidez do banheiro, ou porque Lídia calcula mal o tempo, desacostumada à sua nova condição, surpreendo-a no corredor, a mirar, taciturna, a galeria de fotos. Sei que se desilude — ela queria ver ali os próprios filhos, que retornaram à Itália, ou os netos, ou suas próprias lembranças de viagens, fotos dos bailes no Clube do Comércio, fotos dos passeios pela Redenção, mas o que encontra nas paredes são os restos da minha vida.

No dia da mudança, encontrei uma caixa — esquecida ou abandonada de propósito — na sacada. Não resisti à tentação de bisbilhotar. Entre revistas antigas, perfuradas por traças, havia dezenas de fotos dos velhos moradores. Como o passado é a nossa única posse inalienável, telefonei ao filho de Lídia, de quem comprei o apartamento.

— Joga no lixo — ele me disse, áspero.

Não lhe obedeci e guardei a caixa na despensa. Creio que Lídia não sabe disso. Nunca a ouvi mexer nas quinquilharias do quarto dos fundos. Ao que parece, os espíritos não são clarividentes. A Lídia foi dado o poder sobre os objetos da cozinha, e só. E talvez um pouco de telepatia. Explico. E isto explicará por que estamos os três, agora, reunidos.

No dia em que localizei o rabino, depois de passar ao antiquário os cinco cheques do pagamento, este me devolveu um deles e me pediu que escrevesse, no verso, o número de meu telefone e endereço.

— Mas eu comprei essa tela na sua casa... — espantou-se o homem, depois que devolvi o cheque com as informações solicitadas.

Rosa rosarum

Em minha tese de doutorado, *Invenções e fontes de Jorge Luis Borges*, descrevo o que, na obra do escritor argentino, é inventado e o que é real. O protagonista de "Pierre Ménard, autor do Quixote", por exemplo, é baseado em Louis Ménard, Paris, 1822-1901, que reescreveu as peças de Ésquilo. Anatole France, que não compreendeu o revolucionário método de releitura, denunciou-o por plágio. Borges, adepto também da apropriação de textos alheios, transformou Louis em Pierre e deu-lhe a coerência, a verossimilhança e a glória que não tem nos verbetes de enciclopédia.

Sei que não é impossível, porque as variáveis são finitas, mas ainda não consegui rastrear todas as citações, referências, invenções bibliográficas, colagens e paródias que se encontram em Jorge Luis Borges. Meu trabalho é minucioso e exaustivo, mas incompleto. Só fiz a defesa, com orientação de Regina Zilberman, para cumprir os prazos da instituição. Continuo, no entanto, a pesquisa. Às vezes, preciso fazer retificações. E esta é uma delas. Solicito, pois, aos meus leitores, que agreguem este texto à página 214, entre o terceiro e o quarto parágrafos da primeira edição, publicada pela Editora da Pontifícia Universidade Católica do Rio Grande do Sul, em 1995. Um comentário da senhora Elf, que mantém em Buenos Aires um interessante museu particular do autor do "Aleph", é o responsável por este excerto, que, tenho certeza, agitará o mundo acadêmico. Adianto que, em breve, reeditarei meu livro, com outros acréscimos de menor importância, e com duas ou três supressões.

Não são poucos os críticos literários a apontar as semelhanças entre *O nome da rosa*, de autoria de um histriônico professor italiano, e "A biblioteca de Babel", de Borges. Para Volodia Teitelboim, Alinardo de Grottaferrata desenvolve o mesmo conceito do escritor argentino: a biblioteca é um grande labirinto, símbolo do mundo. O conto, segundo o biógrafo chileno, "pressagia acontecimentos, situações e ambientes muito próximos ao microclima rarefeito que se desenvolve em *O nome da rosa*". O que poucos sabem é que a história de Borges é uma síntese de um original do século XIV.

Devo a uma poeta argentina, que conheci em Ghent, NY, em 1996, num programa para escritores do Terceiro Mundo, a agradável e produtiva tarde que passei na companhia da família Elf, em Buenos Aires. Assim que desembarquei na capital portenha, dois anos depois de nosso encontro nas terras do Norte, telefonei a Alina Molinari. No dia seguinte, éramos recebidos pela simpática e prestativa senhora Elf, proprietária de um acervo material e imaterial impagável.

Dos objetos de Borges, edições originais e autógrafas, traduções, produções do período ultraísta, canetas e cadernos de anotações, prendedores de gravata e escovas de sapato, colecionados pelo patriarca, e mantidos e aumentados pela viúva Elf, impressionou-me um texto manuscrito, garatujado pelo menino-prodígio aos seis anos de idade. Trata-se de um pequeno ensaio sobre mitologia grega, intitulado "O minotauro", escrito em inglês. Diante daquele retângulo amarelado e quebradiço, felizmente encapsulado por folhas de papel vegetal, senti uma espécie de vertigem. Não sou crente, mas devo confessar que ali, sob a luz filtrada da tarde, sob os efeitos do vinho do almoço e do cheiro de bolor e ungüento que a casa ressumava, compreendi a passagem bíblica que afirma que o Espírito sopra aonde quer. Aos seis anos, eu não passava de um pirralho, preocupado apenas com bolas de gude, gomas de mascar e álbuns de figurinhas.

O melhor, no entanto, estava por vir. A senhora Elf convidou-nos para o chá das cinco.

— Não creio — disse Alina — que o Kiefer possa ficar.

— Posso — eu disse —, é claro que posso.

Temendo que a visita viesse a ser aborrecida, inventei, ainda no táxi, um compromisso para as cinco, na Recoleta.

— Visito o Jorge Tanure amanhã — apressei-me em acrescentar.

Não sou mais capaz de recordar as iguarias daquela mesa, mas posso repetir, palavra por palavra, o que a senhora Elf nos contou.

Borges, com freqüência, os visitava. Uma noite, após um churrasco de paleta de ovelha, que tanto estimava, abusou do *brandy*. O álcool, o frio e a chuva tinham o dom de deixá-lo nostálgico. Retornou às recordações de adolescência, ao verde das águas do Lago Leman, ao silêncio das ruelas da Vieille Ville, em Genebra.

"Meu conto 'A biblioteca de Babel', que gerou uma série infinita de epígonos, é o resumo de *Rosa rosarum*, escrito por Horloger du Rhône, o paciente e metódico monge que auxiliou Boccaccio a ler Platão e Homero no original." Fez uma pausa, como que à espera da reação dos ouvintes. Penso que o pigarro da senhora Elf, que naquela tarde era uma elipse e hoje é um acréscimo, reproduzia o outro, de Borges. "Orgulho-me de ter visitado tantas vezes suas páginas centenárias", ele acrescentou, e ela repetiu. Depois, empertigado no sofá, com a voz sussurrada e ausente dos cegos, sentenciou: "A história das literaturas é feita de injustiças, esquecimentos e glórias vãs. Em suas memórias sintéticas e sem brilho, o general Dufour[1] confessou odiar o livro, utilizado para exercícios de tradução."

O próprio Borges, munido de um *Gradus ad Parnassum*, de Quicherat, enfrentou, estoicamente, o árduo latim do monge beneditino, no silêncio da biblioteca do Liceu Jean Calvin.[2]

Os que estudam ecdótica, como eu, hão de imaginar o que passei depois dessa tarde na casa Elf. Poupo-lhes a descrição de meus tormentos. Sintetizo, como Borges faria. Tratei de viajar à Europa, em busca do livro. Em Genebra, vasculhei as bibliotecas, a Pierre Goy, o Anexxe du Perreir, o de Romagny, a Municipale, a de La Cité, a des Eaux-Vives, a de la Jonction, a des

---

[1] Cuja estátua prateada encanta os visitantes da Centre Ville, em Genebra.

[2] Em carta a Maurice Abramowicz, escrita em francês, a 13 de janeiro de 1920, hoje pertencente ao acervo da Colección Eduardo F. Constantini, Borges lamenta a *tarde mutilada*. Enquanto os colegas foram ao banho no Lago Leman, preferiu a trabalhosa tradução de *Rosa rosarum*. A 20 de junho de 1921, a revista *Ultra*, de Madri, ano I, número 14, publicou um poema do jovem poeta, *Atardecer*, em que a imagem reaparece: *"En el poniente pobre/la tarde mutilada/rezó un Avemaría de colores"*. Em carta a Jacobo Sureda, comentou: "Sobre o teu elogio ao meu poema *Entardecer* (que foi publicado em *Ultra*), creio sinceramente que dos 3 últimos versos o único que encarna uma intuição verdadeira da realidade é o que diz 'a tarde mutilada'. O resto, é profissionalismo lírico."

Minoteries, a des Pâquis, a de la Servette, a Saint-Jean, inutilmente. Enfim, o dono de um sebo do boulevard Helvétique devolveu-me a fé na senhora Elf, enfraquecida por semanas de busca.

"Vendi um exemplar de *Rosa rosarum* ao livreiro Giacomo, de Barcelona, há alguns anos. Era uma edição de 1558, da casa de Jean Viret, de Lyon, o mesmo que editou a primeira edição de *Les Propheties*, de Michel de Notre-Dame."

Dias depois, numa ruela estreita e escura da cidade espanhola, encontrei Giacomo.[3] Tinha o rosto pálido e os olhos baços. Era alto e ainda jovem, mas andava encurvado como um velho. Lembrava um personagem de Hoffmann ou Hawthorne. Descreveu, com minúcias, as cantoneiras de metal de *Rosa rosarum*, o tipo de letra, as marcas de impressão, os vários ex-libris, as lombadas de couro. Gostava de ler as obras raras que vendia, era uma forma secreta de mantê-las, mas, infelizmente, não dominava o latim. Nem chegara a incluir o livro no catálogo. Telefonou a um cliente italiano, advogado ou professor, que o adquiriu sem regatear. "Chamava-se Ergo ou Ego...", murmurou. Não o corrigi. Despedi-me. Suas mãos eram fortes e nervosas, mas secas e cobertas de rugas. À porta da livraria, cumprimentou-

---

[3] Flaubert, num conto de juventude, "Bibliomania", também chamou a um livreiro barcelonês de Giacomo. O lugar-comum é um pecado, mas não há outra forma de dizê-lo: a vida imita a arte.

me mais uma vez. Seu traje era mísero e desajeitado, e sua fisionomia, pálida, triste, feia e insignificante. Pensei em Borges, que não chegou a ler *O nome da rosa*. Na noite em que indicou a fonte primária de sua alegoria do mundo como biblioteca, recitou passagens inteiras de *Rosa rosarum*, com perfeita entonação medieval.[4]

---

[4] Na nota introdutória de *O nome da rosa*, tradução anacrônica e maneirista de *Rosa rosarum*, Umberto Eco refere-se ao manuscrito do século XIV, atribuindo-o a Dom Adson de Melk. Elide, no entanto, qualquer referência a Horloger du Rhône.

Belino

"Um passarinho pode viver mais de dez anos?", perguntou o sargento Elísio, já sem soluçar. A voz trêmula e metálica me fez lembrar de um camioneiro acidentado em Montenegro, preso nas ferragens. Implorou que eu lhe arrebentasse os miolos. Não foi preciso, morreu antes que a motosserra o libertasse. "Pode?", gritou o velho, enfurecendo-se outra vez. Ninguém se atrevia a responder. "Só aqui, no posto policial, Belino viveu quase doze", continuou, aos brados, e encarou o soldado responsável pela morte do canário. Elenor, que quase pedia desculpas por existir, encolheu-se ainda mais. Seu rosto não tinha cor, e seus olhos continuavam arregalados. Vi, de onde estava, que abrira o coldre. Desta vez, se necessário, sacaria a arma também, não se deixaria abater como um bezerro com aftosa. Achei um exagero um canário sobreviver tanto. Ah, mas não ia ser eu a contestar o sargento. "Quando eu o encontrei, era um filhote", ele prosseguiu, antes de se sacudir noutro acesso de choro. Um homem daquele tamanho devia ser mais forte, controlar os próprios nervos. Do canário, escondido dentro da mão balofa, viam-se as penas do rabo. Era só um passarinho morto, e o homem se desesperava de um jeito que nos constrangia, a ponto de não sermos capazes de encarar uns aos outros. Sou novo aqui, ainda não conheço a corporação, mas o chefe é um tipo estranho. Quietão, lento como os hipopótamos no zoológico, e solitário. Não se sabe de mulher em sua vida. O Otacílio garante que é veado, mas pode ser maldade. Subordinados adoram falar mal dos superiores.

Hoje de manhã, Elísio quase fez merda.

Elenor, de plantão no final de semana, esqueceu a gaiola no alpendre dos fundos. Foi de renguear cusco o frio do domingo. O sargento encontrou Belino durinho, como que empalhado.

— Acreditam em milagre? — perguntou, depois de enxugar as lágrimas na manga da farda.

— Eu acredito — apressou-se Elenor a responder.

Desconfiei que tivesse dito aquilo pra agradar, afinal o revólver ainda pendia da mão direita do sargento, mas já não ameaçava ninguém, apontado para baixo. Que horror, pensei, o velho deu alpiste ao canário por mais de uma década, e deu água. E limpou a gaiola, todos os dias. Alpiste e água. Meu Deus, a vida num posto da Polícia Rodoviária Federal é a coisa mais monótona do mundo. Estou aqui há três meses e já não agüento mais. Faço o meu trabalho. Se é preciso fazer ronda na estrada, faço ronda; se é preciso montar guarda no posto, monto guarda; se tenho plantão, cumpro o plantão. Já li montanhas de revistas em quadrinhos. Os automóveis, caminhões e ônibus passam diante da guarita com uma lentidão hipócrita, chega a dar nojo. Os motoristas imaginam que nós não sabemos a que velocidade eles andam, logo depois da curva, quando o radar já não os alcança?

"Era um domingo, quase entrada da noite", prosseguia o guarda rodoviário, "quando alguém, ao telefone, anunciou um acidente grave na BR-116, entre Canoas e Porto Alegre." E se Elísio tivesse metido uma bala nos cornos do Elenor? Um de nós teria que saltar sobre ele e algemar. Quem recolheria os fragmentos de crânio? Quem lavaria a sangueira? Eu me encarregaria do sargento, os outros que se virassem com a faxina.

— Perdão — dissera o Elenor —, eu também gostava muito dele.

— Gostava? — retrucou o praça. — E deixou o pobrezinho morrer de frio?

— Gostava, gostava muito. O senhor nunca esqueceu nada?

De todos nós, Elenor era o único que se importava com o passarinho. Acho que o sargento lembrou da dedicação do soldado. Abaixou a arma, desabou no sofá. "Logo tu repousarás também", disse, como se declamasse um poema. Não era uma ameaça. Elenor agarrou os próprios braços, como que a se proteger do frio. Por um bom tempo ouvimos apenas o ar-condicionado e um que outro carro com surdina furada. Eu cabeceava de sono, tinha passado a noite na casa da Roberta, mas prestei atenção quando o sargento tornou a falar: "O carro entrou na pista da extrema esquerda em baixa velocidade e foi esmagado pela carreta, que vinha a cento e vinte por hora. Outros carros também bateram, mas sem vítimas fatais. Mortes, mesmo, só na Belina, o motorista, a esposa e a filha de nove anos." Elísio descreveu tudo, em detalhes, os ferros retorcidos, os corpos estraçalhados, o cheiro do sangue misturado à gasolina e ao óleo. Pensei que seria impossível separar os cheiros, saber o que era sangue e o que era gasolina, mas não disse nada. O velho é um tipo estranho, não dá pra arriscar. Aquele bichinho ressequido na sua mão era como um filho, uma namorada. Tratava o canário melhor do que a gente. Todos os dias, e foram mais de quatro mil e trezentos dias, limpou a gaiola, trocou a água, encheu o potinho com alpiste. Assoviava, o canário respondia. Eu mentiria se dissesse que era um canto triste. Era um canto de passarinho, só isso.

De chamar fêmea, ou de quem está de saco cheio com a monotonia. O canto do bichinho só cessava quando ele metia os dedos grossos por entre as fendas da armação e repetia: "Belino, Belino." Depois disso, o bestinha emudecia. Vai ver que ele também não gostava do nome que o sargento lhe dera. A menina, que se desmanchara no asfalto, talvez o chamasse de Tonico, Tutuca ou Godofredo. "Um milagre", disse o sargento, "foi um milagre. Apesar de tudo, do rolo compressor, das muitas toneladas do caminhão sobre o automóvel, a gaiola do Belino escapou sem um arranhão."

Belino, pensei, que nome ridículo.

Sobre o autor

Charles Kiefer nasceu em Três de Maio, uma pequena cidade do interior do Rio Grande do Sul, em 1958. Foi jornalista, mas abandonou a profissão. É professor de literatura e instrutor de oficinas literárias. Fez mestrado em Literatura Brasileira e doutorado em Teoria da Literatura, pela PUCRS. Lançou o primeiro livro em 1977, mas tratou de retirá-lo de circulação, bem como aos dois que se seguiram, publicados em 1978, por considerá-los de pouca qualidade. Em 1982, lançou a novela infanto-juvenil *Caminhando na chuva*, que já teve dezessete edições, e que o próprio autor chama de *seu primeiro livro*. Em três décadas, publicou mais de trinta títulos, que lhe valeram três prêmios Jabuti, da Câmara Brasileira do Livro, o Prêmio Afonso Arinos, da Academia Brasileira de Letras, o Prêmio Monteiro Lobato e o Prêmio Altamente Recomendável, ambos da

Fundação Nacional do Livro Infantil e Juvenil, o Prêmio Octávio de Faria e o Prêmio Guararapes, ambos da União Brasileira de Escritores, entre muitos outros. Participou do International Writing Program, da Universidade de Iowa, e da International Writers Colony, em Ghent, NY. Fez parte de dezenas de antologias brasileiras e tem publicações em francês e espanhol. Entre seus livros de ficção destacam-se *O pêndulo do relógio*, *A dentadura postiça*, *Dedos de pianista*, *Quem faz gemer a terra*, *O escorpião da sexta-feira*, *Nós, os que inventamos a eternidade & Outras histórias insólitas*, *O perdedor*, *Contos escolares*, *O poncho*, *Antologia pessoal*, *O elo perdido*, *Os ossos da noiva*, *Um outro olhar*, *Valsa para Bruno Stein* e *A face do abismo*. Além disso, publicou livros de ensaios e poemas. Considera o seu ingresso na Editora Record um renascimento literário.

Este livro foi composto na tipologia Usherwood
Book, em corpo 11,5/16, e impresso em papel
off-white 90g/m² no Sistema Cameron da
Divisão Gráfica da Distribuidora Record.

Seja um Leitor Preferencial Record
e receba informações sobre nossos lançamentos.
Escreva para
RP Record
Caixa Postal 23.052
Rio de Janeiro, RJ – CEP 20922-970
dando seu nome e endereço
e tenha acesso a nossas ofertas especiais.

Válido somente no Brasil.

Ou visite a nossa *home page*:
http://www.record.com.br